人生
文丛　林贤治
　　　　主编

清澈人生

冰心　著

SPM
南方传媒　花城出版社

中国·广州

图书在版编目（ＣＩＰ）数据

清澈人生 / 冰心著. -- 广州 : 花城出版社,
2024.1
（人生文丛 / 林贤治主编）
ISBN 978-7-5360-9445-1

Ⅰ. ①清… Ⅱ. ①冰… Ⅲ. ①散文集－中国－现代
Ⅳ. ①I266

中国版本图书馆CIP数据核字(2022)第027594号

出 版 人：张　懿
特邀编辑：余红梅
项目统筹：揭莉琳　邹蔚昀
责任编辑：凌春梅
责任校对：李道学
技术编辑：林佳莹
封面绘图：老　树
装帧设计：姚　敏

书　　名	清澈人生	
	QINGCHE RENSHENG	
出版发行	花城出版社	
	（广州市环市东路水荫路 11 号）	
经　　销	全国新华书店	
印　　刷	佛山市迎高彩印有限公司	
	（佛山市顺德区陈村镇广隆工业区兴业七路 9 号）	
开　　本	880 毫米 ×1230 毫米　32 开	
印　　张	10.125　2 插页	
字　　数	195,000 字	
版　　次	2024 年 1 月第 1 版　2024 年 1 月第 1 次印刷	
定　　价	49.00 元	

如发现印装质量问题，请直接与印刷厂联系调换。
购书热线：020-37604658　37602954
花城出版社网站：http://www.fcph.com.cn

人生
文丛 ｜ 看纷纭世态
读各色人生

写在"人生文丛"新版之前

　　20世纪90年代初，受出版社之邀，编选了"人生文丛"，计二十种。恰逢第四届全国书市在广州举办，这套丛书成了场上的"骄子"，被评为"十大畅销书"之一。此后一段时间，一版再版，受欢迎的程度超乎出版人的预想。其时，坊间腾起一股"散文热"。若果"人生文丛"算不上引燃物的话，至少，它提供的柴薪是增添了不少热量的。

　　五四开启了一个时代，星汉灿烂，人才辈出。新文学第一代作家的坚实的创作实践，奠定了"艺术为人生"的原则，影响至为深远。"人生文丛"乃从五四后三十年间，遴选有代表性的二十位作家的非虚构作品，也即我们惯称的散文，自然是广义的散文，除了一般的叙事之作，还包括演讲稿，以及带有隐私性质的日记、书信等。这些文字，烙上作者各自的人生印记，不同的思想和艺术个性，真诚、真实、真切，俾普通读者——英国作家伍尔夫郑重地使用了这个词，以它为一本文学评论集命名——借由文学更好地体察社会，思考人生，并从中获得美学的熏陶。

文丛初版时，编者分别使用了一个虚拟的"何氏家族"成员的代名。此次重版，恢复了编者的本名。

由于版权变易，初版时的林语堂、巴金已为丁玲、萧红所代替。单从人生富含的文化价值看，后者的意蕴恐怕更深。同样出于版权关系，未予收入张爱玲，这是可遗憾的。无论读文学，读人生，张爱玲都是不容忽略的。

新版"人生文丛"，对胡适、郭沫若、冰心、丰子恺等作家，各有篇幅不等的增订。私心里，总是期望选本能够尽善尽美，以贡献于广大读者之前，虽然自知这是很艰难的事。

编者

2023年6月

编辑者说

恐怕对每个作家来说，都存在着一种"本色文体"；也就是说，只有特定的某一种文体，是最有利于作家的气质的表现和才华的发挥的。即如女作家冰心，虽然同时以小说、诗歌、散文崭露头角，而在几代读者的心中，却是一个冰清玉洁，永远年轻的散文作家。

从思想内容到语言风格，冰心都有着自己的独立的追求，阿英称作"冰心体"，他这样评述冰心散文的影响力，说："青年的读者，有不受鲁迅影响的，可是，不受冰心文字影响的，那是很少。虽然从创作的伟大性及其成功方面看，鲁迅远超过冰心。"对于她的散文，同时代的作家便有着很高的评价。茅盾说："在所有五四时期的作家中，只有冰心女士最最属于她自己。"郭沫若题诗赠冰心，其中有"婉婉唱随乐"的句子。郁达夫甚至把她的散文成就置于朱自清之上，说："冰心女士散文的清丽，文字的典雅，思想的纯洁，在中国好算是独一无二的作家了；记得雪莱的咏云雀的诗里，仿佛曾说过云雀是初生的欢喜的化身，是光天化日之下的星辰，是同月光一样来把歌声散溢于宇宙之中的使者，是虹霓的彩滴要自愧不如的妙音的雨师，……总而言之，把这一首诗全部拿来，以诗人赞美云雀的清词妙句，一字不易地用在冰心女士的散文批评之上，我想是最适当也没有的事情。"

冰心，原名谢婉莹，福建省长乐县人。1900年10月生于福州，七个月后随家迁至上海。1903年随父移居山东烟台，住东山海边，日夕的接触使她深爱大海。自幼聪颖好学，七岁开始阅读中外著名小说。1912年入福州女子师范预科，1914年考取北京贝满女中，1918年毕业后，进入北京协和女子大学理预科。两年后，因学校合并而转至燕京大学。五四运动爆发，积极参加爱国学生运动。其间，被选为学生会的文书，并加入女学界联合会的宣传股；发表的第一篇文章《二十一日听审的感想》，就是为援救被捕的同学，到法院旁听以后写成的，随后，以冰心为笔名发表小说《两个家庭》，接着创作《斯人独憔悴》《去国》等系列"问题小说"，在文学界引起很大反响。1921年，加入文学研究会。1923年，创作并出版新诗集《繁星》和《春水》；青年竞相仿效，以致开创出一个"小诗流行的时代"。与此同时，发表题名《往事》的一组散文，初步形成个人的散文风格。1923年夏，燕京大学本科毕业，随即赴美留学。出国前夕以及旅美三年期间，为《晨报》"儿童世界"专栏撰写通讯，1926年《寄小读者》一书出版。据不完全统计，至1935年止，本书先后共出版二十一次之多，足见影响之广。归国后，在燕京大学任教。1930年在北平女子文理学院任教，翻译纪伯伦的《先知》，次年出版。1934年，参加平绥沿线旅行团，并写成旅行记出版。1936年6月，加入中国文艺家协会，10月同鲁迅等二十一人共同发表《文艺界同人为团结御侮与言论自由宣言》。同年，赴欧美游历，次年6月返回北平。1938年到云南昆明，1940年冬到四川重庆，1946年辗转至南京和北平，11月到日本东京，直至1951年回国。此后多年，无论顺境或逆境，仍不断从事翻译和写作，并积极参加对外友好活动。先后出版的散文集有《归来以后》《我们把春天吵醒了》《小桔灯》《樱花赞》《拾穗小札》《晚晴集》等。

从中学开始，由于深受基督教教义以及泰戈尔的"宇宙和个人的灵中间有一大调和"的哲学的影响，冰心一直把"万全之爱"作为自己的理想而讴歌不辍。她把社会现象看得非常单纯，以为人事纷纭无非由"爱"和"憎"两根线交织而成，而在这二者之间，又必有一者是人生的指针。茅盾认为，她的宇宙观和人生观是"以自我为中心"的，说："她从自己小我生活的美满，推想到人生之所以有丑恶全是为的不知道互相爱；她从自我生活的和谐，推论到凡世间人都能够互相爱。"然而，虽然以她的"爱的哲学"无力解释社会人生，可是她笔下对母亲、儿童和自然的挚爱的赞美，却赢得了心地纯净的读者，尤其是广大青少年的共鸣。人性的深处，定然潜在着爱与同情，潜在着那对同类的理解和接近的深切的欲望。不然，何以会成为一个永恒的主题，遍及于宗教、哲学和艺术之中呢？

所谓"以自我为中心"，并非说冰心是一个"自我主义者"。"苟利国家生死以，岂因祸福避趋之。"作为一个纯良正直的知识分子，大事于她是并不糊涂的。从自我出发，就是强调自我认识和个人实践，对于散文创作，正好有助于艺术个性的确立，使其中所表达的一切，是那么的真切与自然。

冰心出身于一个生活优裕的做官人家，但因为父亲是军人出身，加以从小与大海为伴，这样身上就多出了一种勃勃英气。虽然她深受中国古典文学，尤其诗词的浸淫，却没有一般文士的可恶的"雅趣"。在她的一派纯真的情性里，犹有喜爱沉思，以及易感的悒郁的成分。其实，这是一种人性的"抗体"，可以抵制远离尘嚣而生的虚伪与麻醉。然而，在文字表达方面，却不取庐隐、石评梅式的一泻无余，而讲究含蓄、凝和节制。正如她的一首短诗说的："是这般的：满蕴着温柔，微带着忧愁，欲语又停留。"在小说《遗书》中，她借了其中的人物宛因的话如此表达了自己的主张："文体方面我主张'白话文言化''中文西文化'，这

'化'字大有奥妙,不能道出的,只看作者如何运用罢了!我想如现在的作家都能无形中融会古文和西文,拿来应用于新文学,必能为今日中国的文学界,放一异彩。"正是这种白话文言、中文西文的无形的融合,使她的散文语言单纯而不单调,灿烂而不繁缛,晶光四射,熠熠耀目。

冰心是一个创作家,又是一个鉴赏家。或者可以说,正因为她对中外古今的文学独有慧心,所以于创作方面,便自然带进了一种特异的技巧和风格。本书特意收入她在东京大学的讲演《怎样欣赏中国文学》,以使读者在同一个题目下,增进对她的散文创作的理解。

目 录

第一辑

往事知多少

第二辑

清纯的童心

第三辑

隽美的诗思

第四辑

澄澈的理性

第五辑

文学与悟道

第一辑

往事知多少

母亲呵！你是荷叶，我是红莲。心中的雨点来了，除了你，谁是我在无遮拦天空下的荫蔽？

往事（一）
——生命历史中的几页图画

在别人只是模糊记着的事情，

　　然而在心灵脆弱者，

　　已经反复而深深地

　　　镂刻在回忆的心版上了！

索性凭着深刻的印象，

　　将这些往事

　　移在白纸上罢——

再回忆时

　　不向心版上搜索了！

一

　　将我短小的生命的树，一节一节的斩断了，圆片般堆在童年的草地上。我要一片一片的拾起来看，含泪的看，微笑的看，口里吹着短歌的看。

难为他装点得一节一节，这般丰满而清丽！

我有一个朋友，常常说，"来生来生！"——但我却如此说："假如生命是乏味的，我怕有来生。假如生命是有趣的，今生已是满足的了！"

第一个厚的圆片是大海；海的西边，山的东边，我的生命树在那里萌芽生长，吸收着山风海涛。每一根小草，每一粒沙砾，都是我最初的恋慕，最初拥护我的安琪儿。

这圆片里重叠着无数快乐的图画，憨嬉的图画，寂寞的图画，和泛泛无着的图画。

放下罢，不堪回忆！

第二个厚的圆片是绿阴；这一片里许多生命表现的幽花，都是这绿阴烘托出来的。有浓红的，有淡白的，有不可名色的……

晚晴的绿阴，朝雾的绿阴，繁星下指点着的绿阴，月夜花棚秋千架下的绿阴！

感谢这曲曲屏山！它圈住了我许多思想。

第三个厚的圆片，不是大海，不是绿阴，是什么？我不知道！

假如生命是无味的，我不要来生。假如生命是有趣的，今生已是满足的了。

二

黑暗不是阴霾，我恨阴霾，我却爱黑暗。

在光明中，一切都显着了。黑是黑白是白的，也有了树，也有了花，也有了红墙，也有了蓝瓦，便一切崭然，便有人，有我，有世界。

颂美黑暗！讴歌黑暗！只有黑暗能将这一切都消灭调和于虚空混沌之中；没有了人，没有了我，更没有了世界！

黑暗的园里，和华同坐。看不见她，也更看不见我，我们只深深的谈着。说到同心处，竟不知是我说的，还是她说的，入耳都是天乐一般——只在一阵风过，槐花坠落如雨的时候，我因着衣上的感觉，和感觉的界限，才觉得"我"不是"她"，才觉得黑暗中仍有"我"的存在。

华在黑暗中递过一朵茉莉，说："你戴上罢，随着花香，你纵然起立徘徊，我也知道你在何处。"——我无言的接了过来。

华妹呵，你终竟是个小孩子。槐花，茉莉，都是黑暗中最着迹的东西，在无人我的世界里，要拒绝这个！

三

"只是等着，等着，母亲还不回来呵！"

乳母在灯下睁着疲倦下垂的眼睛，说："莹哥儿！不要尽着问我，你自己上楼去，在阑边望一望，山门内露出两盏红灯时，母亲便快来到了。"

我无疑地开了门出去，黑暗中上了楼——望着，望着，无有消息。

绕过那边阑旁，正对着深黑的大海，和闪烁的灯塔。

幼稚的心，也和成人一般，一时的光明朗澈——我深思，我数着灯光明灭的数儿，数到第十八次。我对着未曾想见的命运，自己假定的起了怀疑。

"人生！灯一般的明灭，漂浮在大海之中。"——我起了无知的长太息。

生命之灯燃着了，爱的光从山门边两盏红灯中燃着了！

四

在堂里忘了有雪，并不知有月。

匆匆的走出来，捻灭了灯，原来月光如水！

只深深的雪，微微的月呵！地下很清楚的现出的扫除了的小径。我一步一步的走，走到墙边，还觉得脚下踏着雪中沙沙的枯叶。墙的黑影覆住我，我在影中抬头望月。

雪中的故宫，云中的月，甍瓦上的兽头——我回家去，在车上，我觉得这些熟见的东西，是第一次这样明澈生动的入到我的眼中，心中。

五

场厅里四隅都黑暗了，只整齐的椅子，一行行的在阴沉沉的影儿里平列着。

我坐在尽头上近门的那一边，抚着锦衣，抚着绣带和缨冠凝想——心情复杂得很。

晚霞在窗外的天边，一刹浓红，一刹深紫，回光到屋顶上——

台上琴声作了。一圈的灯影里，从台侧的小门，走出十几个白衣彩饰，散着头发的安琪儿，慢慢的相随进来，无声地在台上练习着第一场里的跳舞。

我凝然的看着，潇洒极了，温柔极了，上下的轻纱的衣袖，和着钹铮的琴声，合拍的和着我心弦跳动，怎样的感人呵！

灯灭了，她们又都下去了，台上台下只我一人了。

原是叫我出来疏散休息着的，我却哪里能休息？我想……一会儿这场里便充满了灯彩，充满了人声和笑语，怎知道剧前只为我一人的思考室呢？

在宇宙之始，也只有一个造物者，万有都整齐平列着。他凭在高阑，看那些光明使者，歌颂——跳舞。

到了宇宙之中，人类都来了，悲剧也好，喜剧也好，佯悲诡笑的演了几场。剧完了，人散了，灯灭了，……一时沉黑，只有无穷无尽的寂寞！

一会儿要到台上，要说许多的话；憨稚的话，激昂的话，恋别的话……何尝是我要说的？但我既这样的上了台，就必须这样的说。我千辛万苦，冒进了阴惨的夜宫，经过了光明的天国，结果在剧中还是做了一场大梦。

印证到真的——比较的真的——生命道上，或者只是时间上久暂的分别罢了；但在无限之生里，真的生命的几十年，又何异于台上之一瞬？

我思路沉沉，我觉悟而又惆怅，场里更黑了。

台侧的门开了，射出一道灯光来——我也须下去了，上帝！这也是"为一大事出世"！

我走着台上几小时的生命的道路……

又乏倦的倚着台后的琴站着——幕外的人声，渐渐的远了，人们都来过了；悲剧也罢，喜剧也罢，我的事完了；从宇宙之始，到宇宙之终，也是如此，生命的道路走尽了！

看她们洗去铅华，卸去妆饰，无声的忙乱着。

满地的衣裳狼藉，金戈和珠冠杂置着。台上的仇敌，现在也拉着手说话；台上的亲爱的人，却东一个西一个的各忙自己的事。

我只看着——终竟是弱者呵！我爱这几小时如梦的生命！

我抚着头发，抚着锦衣，……"生命只这般的虚幻么？"

六

涵在廊上吹箫，我也走了出去。

天上只微微的月光，我撩起垂拂的白纱帐子来，坐在廊上的床边。

我的手触了一件蠕动的东西，细看时是一条很长的蜈蚣。我连忙用手绢拂到地上去，又唤涵踩死它。

涵放了箫，只默然的看着。

我又说："你还不踩死它！"

他抬起头来，严重而温和的目光，使我退缩。他慢慢的说："姊姊，这也是一个生命呵！"

霎时间，使我有无穷的惭愧和悲感。

七

父亲的朋友送给我们两缸莲花，一缸是红的，一缸是白的，都摆在院子里。

八年之久，我没有在院子里看莲花了——但故乡的园院里，却有许多；不但有并蒂的，还有三蒂的，四蒂的，都是红莲。

九年前的一个月夜，祖父和我在园里乘凉。祖父笑着和我说，"我们园里最初开三蒂莲的时候，正好我们大家庭中添了你们三个姊妹。大家都欢喜，说是应了花瑞。"

半夜里听见繁杂的雨声，早起是浓阴的天，我觉得有些烦闷。从窗内往外看时，那一朵白莲已经谢了，白瓣儿小船般散漂在水面。梗上只留个小小的莲蓬，和几根淡黄色的花须，那一朵红莲，昨夜还是菡萏的，今晨却开满了，亭亭地在绿叶中间立着。

仍是不适意！——徘徊了一会子，窗外雷声作了，大雨接着就来，愈下愈大。那朵红莲，被那繁密的雨点，打得左右敧斜。在无遮蔽的天空之下，我不敢下阶去，也无法可想。

对屋里母亲唤着，我连忙走过去，坐在母亲旁边——一回头忽然看见红莲旁边的一个大荷叶，慢慢的倾侧了来，正覆盖在红莲上面……我不宁的心绪散尽了！

雨势并不减退，红莲却不摇动了。雨点不住的打着，只能在那勇敢慈怜的荷叶上面，聚了些流转无力的水珠。

我心中深深的受了感动——

母亲呵！你是荷叶，我是红莲。心中的雨点来了，除了你，谁是我在无遮拦天空下的荫蔽？

1922年7月21日

八

原是儿时的海，但再来时却又不同。

倾斜的土道，缓缓的走了下去——下了几天的大雨，溪水已涨抵桥板下了。再下去，沙上软得很，拣块石头坐下，伸手轻轻的拍着海水……儿时的朋友呵，又和你相见了！

一切都无改：灯塔还是远立着，海波还是粘天的进退着，坡上的花生园子，还是有人在耕种着。——只是我改了，膝上放着书，手里拿着笔，对着从前绝不起问题的四围的环境思索了。

居然低头写了几个字，又停止了，看了看海，坐的太近了，凝神的时候，似乎海波要将我飘起来。

年光真是一件奇怪的东西！一次来心境已变了，再往后时如何？也许是海借此要拒绝我这失了童心的人，不让我再来了。

天色不早了。采了些野花，也有黄的，也有紫的，夹在书里。无聊的走上坡去——华和杰他们却从远远的沙滩上，拾了许多美丽的贝壳和卵石，都收在篮里，我只站在桥边等着……

他们原和我当日一般，再来时，他们也有像我今日的感想么？

九

只在夜半忽然醒了的时候，半意识的状态之中，那种心情，我相信是和初生的婴儿一样的。——每一种东西，每一件事情，都渐渐的，清澈的，侵入光明的意识界里。

一个冬夜，只觉得心灵从渺冥黑暗中渐渐的清醒了来。

雪白的墙上，哪来些粉霞的颜色，那光辉还不住的跳动——是月夜么？比它清明。是朝阳么？比它稳定。欠身看时，却是薄帘外熊熊的炉火。是谁临睡时将它添得这样旺！

这时忽然了解是一夜的正中。我另到一个世界里去了，澄澈清明，不可描画；白日的事，一些儿也想不起来了，我只静静的……

回过头来，床边小几上的那盆牡丹，在微光中晕红着脸，好像浅笑着对我说，"睡人呵！我守着你多时了。"水仙却在光影外，自领略她凌波微步的仙趣，又好像和倚在她旁边的梅花对语。

看守我的安琪儿呵！在我无知的浓睡之中，都将你们辜负了！

火光仍是漾着，我仍是静着——我意识的界限，却不只牡丹，不止梅花，渐渐的扩大起来了。但那时神清若水，一切的事，都像剔透玲珑的石子般，浸在水里，历历可数。

一会儿渐渐的又沉到无意识界中去了——我感谢睡神，他用梦的帘儿，将光雾般的一夜，和尘嚣的白日分开了，使我能完全的留一个清绝的记忆！

一〇

晚餐的时候。灯光之下，母亲看着我半天，忽然想起笑着说："从前在海边住的时候，我闷极了，午后睡了一觉，醒来遍处找不见你。"

我知道母亲要说什么——我只不言语，我忆起我五岁时的事情了。

弟弟们都问："往后呢？"

母亲笑着看着我说："找到大门前，她正呆呆的自己坐在石阶上，对着大海呢！我睡了三点钟，她也坐了三点钟了。可怜的寂寞的小人儿呵！你们看她小时已经是这样的沉默了——我连忙上前去，珍重地将她揽在怀里……"

母亲眼里满了欢喜慈怜的珠泪。

父亲也微笑了。——弟弟们更是笑着看我。

母亲的爱，和寂寞的悲哀，以及海的深远：都在我的心中，又起了一回不可言说的惆怅！

一一

忘记了是哪一个春天的早晨——

手里拿着几朵玫瑰，站在廊上——马莲遍地的开着，玫瑰更是繁星般在绿叶中颤动。

她们两个在院子里缓步，微微的互视的谈着。

这一切都与我无关涉——朝阳照着她们，和风吹着她们；她们的友情在朝阳下酝酿，她们的衣裙在和风中整齐地飘扬。

春浸透了这一切——浸透了花儿和青草……

上帝呵！独立的人不知道自己也浸在春光中。

一二

闷极，是出游都可散怀。——便和她们出游了半日。

回来了—— 一路只泛泛的。

震荡的车里，我只向后攀着小圆窗看着。弯曲的道儿，跟着车走来，愈引愈长。树木，村舍，和田垄，都向后退曳了去，只有西山峰上的晚霞不动。

车里，她们捉对儿谈话，我也和晚霞谈话。——"晚霞！我不配和你谈心，但你总可容我瞻仰。"

车进到城门里，我偶然想起那园来，她们都说去走一走，我本无聊，只微笑随着她们，车又退出去了。

悄悄地进入园里，天色渐暗了——忆起去年此时，正是出园的时候，那时心绪又如何？

幽凉里，走过小桥，走过层阶，她们又四散了。我一路低首行来，猛抬头见了烈冢。碑下独坐，四望青青，晚霞更红了！

正在神思飞越，忠从后面来了。我们下了台去，在仄径中走着。我说，"我愿意在此过这悠长的夏日，避避尘嚣。"她说，"佳时难再，此游也是纪念。"我无言点首。

鸟儿都休息了，不住的啁啾着——暮色里，匆匆的又走了出来。车进了城了，我仍是向后望着。凉风吹着衣袖和头发——庄严苍古的城楼，浮在晚霞上，竟留了个最浓郁的回忆！

1922年7月7日

一三

小别之后，星来访我——坐在窗下写些字，看些画，晚凉时才出去。

只谈着谈着，篱外的夕阳渐渐的淡了，墙影渐渐的长了，晚霞退了，繁星生了；我们便渐渐浸到黑暗里，只能看见近旁花台里的小白花，在苍茫中闪烁——摇动。

她谈到沿途的经历和感想，便说："月下宜有清话。群居杂谈，实在无味。"

我说："夜坐谈话，到底比白日有趣，但各种的夜又不同了。月夜宜清谈，星夜宜深谈，雨夜宜絮谈，风夜宜壮谈……固然也须人地两宜，但似乎都有自然的趋势……"

那夜树影深深，四顾悄然，却是个星夜！

我们的谈话，并不深到许多，但已觉得和往日的微有不同。

一四

每次拿起笔来，头一件事忆起的就是海。我嫌太单调了，常常因此搁笔。

每次和朋友们谈话，谈到风景，海波又侵进谈话的岸线里，我嫌太单调了，常常因此默然，终于无语。

一次和弟弟们在院子里乘凉，仰望天河，又谈到海。我想索性今夜彻底的谈一谈海，看词锋到何时为止，联想至何处为极。

我们说着海潮，海风，海舟……最后便谈到海的女神。

涵说，"假如有位海的女神，她一定是'艳如桃李，冷若冰霜'的。"我不觉笑问，"这话怎讲！"

涵也笑道，"你看云霞的海上，何等明媚；风雨的海上，又是何等的阴沉！"

杰两手抱膝凝听着，这时便运用他最丰富的想象力，指点着说："她……她住在灯塔的岛上，海霞是她的扇旗，海鸟是她的侍从；夜里她曳着白衣蓝裳，头上插着新月的梳子，胸前挂着明星的璎珞；翩翩地飞行于海波之上……"

楫忙问，"大风的时候呢？"杰道："她驾着风车，狂飙疾转的在怒涛上驱走；她的长袖拂没了许多帆舟。下雨的时候，便是她忧愁了，落泪了，大海上一切都低头静默着。黄昏的时候，霞光灿然，便是她回波电笑，云发飘扬，丰神轻柔而潇洒……"

这一番话，带着画意，又是诗情，使我神往，使我微笑。

楫只在小椅子上，挨着我坐着，我抚着他，问，"你的话必是更好了，说出来让我们听听！"他本静静地听着，至此便抱着我的臂儿，笑道，"海太大了，我太小了，我不会说。"

我肃然——涵用折扇轻轻的击他的手，笑说，"好一个小哲学家！"

涵道："姊姊，该你说一说了。"我道，"好的都让你们说尽了——我只希望我们都像海！"

杰笑道，"我们不配做女神，也不要'艳如桃李，冷若冰霜'的。"

他们都笑了——我也笑说，"不是说做女神，我希望我们都做个'海化'的青年。像涵说的，海是温柔而沉静。杰说的，海是超绝而威严。楫说的更好了，海是神秘而有容，也是虚怀，也是广博……"

我的话太乏味了，楫的头渐渐的从我臂上垂下去，我扶住了，回身轻轻地将他放在竹榻上。

涵忽然说："也许是我看的书太少了，中国的诗里，咏海的真是不多；可惜这么一个古国，上下数千年，竟没有一个'海化'的诗人！"

从诗人上，他们的谈锋便转移到别处去了——我只默默的守着楫坐着，刚才的那些话，只在我心中，反复地寻味——思想。

一五

黄昏时下雨，睡得极早，破晓听见钟声续续的敲着。

这钟声不知是哪个寺里的，起的稍早，便能听见——尤其是冬日——但我从来未曾数过，到底敲了多少下。

徐徐的披衣整发，还是四无人声，只闻啼鸟。开门出去，立在阑外，润湿的晓风吹来，觉得春寒还重。

地下都潮润了，花草更是清新，在濛濛的晓烟里笼盖着，秋千的索子，也被朝露压得沉沉下垂。

忽然理会得枝头渐绿，墙内外的桃花，一番雨过，都零落了——

忆起断句"落尽桃花澹天地"，临风独立，不觉悠然！

一六

一年三百六十五天，有许多可纪的事；一年三百六十五夜，更有许多可纪的梦。

在梦中常常是神志湛然，飞行绝迹，可以解却许多白日的尘机烦虑。更有许多不可能的，意外的遨游，可以突兀实现。

一个春夜：梦见忽然在一个长廊上徐步，一带的花竹阑干，阑外是水。廊上近水的那一边，不到五步，便放着一张小桌子，用花边的白布罩着，中间一瓶白丁香花，杂着玫瑰，旁边还错落的摆着杯盘。望到廊的尽处，几百张小桌子，都是一样的。好像是有什么大集会，候客未来的光景。

我不敢久驻，轻轻的走过去。廊边一扇绿门，徐徐推开，又换了一番景致，长廊上的事，一概忘了。

门内是一间书室，尽是藤榻竹椅，地上铺着花席。一个女子，近窗写着字，我仿佛认得是在夏令会里相遇的谁家姊妹之一。

我们都没有说什么，我也未曾向她谢擅入的罪，似乎我们又是约下的。这时门外走进她的妹妹来，笑着便带我出去。

走过很长的甬道，两旁柱上挂着许多风景片，也都用竹框嵌着，道旁遮满了马樱花。

出了一个圆门——便是梦中意识的焦点，使我醒后能带挈着以上的景致，都深忆不忘的——到了门外只见一望无边蔚蓝欲化的水。

这一片水：不是湖也不是海，比湖蔚蓝，比海平静，光艳得不可描画。……不可描画！生平醒时和梦中所见的水，要以此为第一了！

一道柳堤将这水界开了，绿意直伸到水中去。堤上缓步行来。梦中只觉飘然，悠然，而又抚然！

走尽了长堤，到了青翠的小山边，一处层阶之下，听得堂上有人讲书。她家的姊姊忽然又在旁边，问我，"你上去不？"我谢她说，"不去罢，还是到水边好。"

一转身又只剩我自己了，这回却沿着水岸走。风吹着柳叶。附满了绿苔的石头，错杂的在细流里立着。水光浸透了我沉醉的灵魂……

帘子一声响，梦惊碎了！水光在我眼前漾了几漾，便一时散开了，荡化了！

张递过一封信，匆匆的便又出去。

我要留梦，梦已去无痕迹……

朦胧里拿起信来一看，却是琳在西湖寄我的一张明片。

晚上我便寄她几行字：

姊姊！

　　清福便独享了罢，

　　　　何须寄我些春泛的新诗？

心灵里已是烦忙，

又添了未曾相识的湖山，

　　频来入梦！

　　　　　　　　——《春水》157

一七

　　我坐在院里，仪从门外进来，悄悄地和我说，"你睡了以后，叔叔骑马去了，是那匹好的白马……"我连忙问，"在哪里？"他说，"在山下呢，你去了，可不许说是我告诉的。"我站起来便走。仪自己笑着，走到书室里去了。

　　出门便听见涛声，新雨初过，天上还是轻阴。曲折平坦的大道，直斜到山下，既跑了就不能停足，只身不由己的往下走。转过高岗，已望见父亲在平野上往来驰骋。这时听得乳娘在后面追着，唤，"慢慢的走！看道滑掉在谷里！"我不能回头，索性不理她。我只不住的唤着父亲，乳娘又不住的唤着我。

　　父亲已听见了，回身立马不动。到了平地上，看见董自己远远的立在树下。我笑着走到父亲马前，父亲凝视着我，用鞭子微微的击我的头，说，"睡好好的，又出来作什么！"我不答，只举着两手笑说，"我也上去！"

父亲只得下来，马不住的在场上打转，父亲用力牵住了，扶我骑上。董便过来挽着辔头，缓缓地走了。抬头一看，乳娘本站在岗上望着我，这时才转身下去。

我和董说，"你放了手，让我自己跑几周！"董笑说，"这马野得很，姑娘管不住，我快些走就得了。"

渐渐的走快了，只听得耳旁海风，只觉得心中虚凉，只不住的笑，笑里带着欢喜与恐怖。

父亲在旁边说，"好了，再走要头晕了！"说着便走过来。我撩开脸上的短发，双手扶着鞍子，笑对父亲说，"我再学骑十年的马，就可以从军去了，像父亲一般，做勇敢的军人！"父亲微笑不答。

马上看了海面的黄昏——

董在前牵着，父亲在旁扶着。晚风里上了山，直到门前。母亲和仪，还有许多人，都到马前来接我。

一八

我最怕夏天白日睡眠，醒时使人惆怅而烦闷。

无聊的洗了手脸，天色已黄昏了，到门外园院小立。抬头望见了一天金黄色的云彩。——世间只有云霞最难用文字描写，心里融会得到，笔下却写不出。因为文字原是最着迹的，云霞却是最灵幻的，最不着迹的，徒唤奈何！

回身进到院里，隔窗唤涵递出一本书来，又到门外去读。云彩又变了，半圆的月，渐渐的没入云里去了。低头看了一会儿的书。听得笑声，从圆形的缘满豆叶的棚下望过去，杰和文正并坐在秋千上；往返的荡摇着，好像一幅活动的影片，——光也从圆片上出现了，在后面替他们推送着。光夏天瘦了许多，但短发拂额，仍掩不了她的憨态。

我想随处可写，随时可写，时间和空间里开满了空灵清艳的花，以供慧心人的采撷，可惜慧心人写不出！

天色更暗了，书上的字已经看不见。云色又变了，从金黄色到暗灰色。轻风吹着纱衫，已是太凉了，月儿又不知哪里去了。

1922年7月5日

一九

后楼上伴芳弹琴。忽然大雷雨——

那些日子正是初离母亲过宿舍生活的时期。一连几天，都是好天气，同学们一起读书说笑，不觉把家淡忘了。——但这时我心里突然的郁闷焦躁。

我站在琴旁，低头抚着琴上的花纹说："我们到前楼去罢！"芳住了琴劝我说："等止了雨再走，你看这么大的雨，如何走得下去；你先在一旁坐着，听我弹琴，好不好？"我无聊只得坐下。

　　雷声只管隆隆，雨声只管澎湃。天容如墨，窗内黑暗极了。我替芳开了琴旁的电灯，她依旧弹着琴，只抬头向我微微的笑了一笑。

　　她不注意我，我也不注意她——我想这时母亲在家里，也不知道做些什么？也许叫人卷起苇帘，挪开花盆，小弟弟们都在廊上拍手看雨……

　　想着，目注着芳的琴谱，忽然觉得纸上渐渐的亮起来。回头一看，雨已止了，夕阳又出来了，浮云都散了，奔走得很快。树上更绿了，蝉儿又带着湿声乱叫着。

　　我十分欢喜，过去唤芳说："雨住了，我们下去罢！"芳看一看壁上的钟，说："只剩一刻钟了，再容我弹两遍。"我不依，说："你不去，我自己去。"说着回头便走。她只得关上琴盖，将琴谱收在小柜子里，一面笑着："你这孩子真磨人！"

　　球场边雨水成湖，我们挨着墙边，走来走去。藤萝上的残滴，还不时的落下来，我们并肩站在水边，照见我们在天上云中的影子。

　　只走来走去的谈着，郁闷已没有了。那晚我竟没有上夜堂去，只坐在秋千板上，芳攀着秋千索子，站在我旁边，两人直谈到夜深。

二〇

精神上的朋友宛因，和我的通讯里，曾一度提到死后，她说："我只要一个白石的坟墓，四面矮矮的石阑，墓上一个十字架，再有一个仰天沉思的石像。……这墓要在山间幽静处，丛树阴中，有溪水徐流，你一日在世，有什么新开的花朵，替我放上一两束，其余的人，就不必到那里去。"

我看完这一段，立时觉得眼前涌现了一幅清幽的图画。但是我想来想去……宛因呵，你还未免太"人间化"了！

何如脚儿赤着，发儿松松的挽着，躯壳用缟白的轻绡裹着，放在一个空明莹澈的水晶棺里，用纱灯和细乐，一叶扁舟，月白风清之夜，将这棺儿送到海上，在一片挽歌声中，轻轻的系下，葬在海波深处。

想象吊者白衣如雪，几只大舟，首尾相接，耀以红灯，绕以清乐，一簇的停在波心。何等凄清，何等苍凉，又是何等豪迈！

以万顷沧波作墓田，又岂是人迹可到？即使专诚要来瞻礼，也只能下俯清波，遥遥凭吊。

更何必以人间暂时的花朵，来娱悦海中永久的灵魂！看天上的乱星孤月，水面的晚烟朝霞，听海风夜奔，海波夜啸。比新开的花，徐流的水，其壮美的程度相去又如何？

从此穆然，超然，在神灵上下，鱼龙竞逐，珊瑚玉树交枝回绕的渊底，垂目长眠：那真是数千万年来人类所未享过的奇福！

至此搁笔，神志洒然，忽然忆起少作走韵的"集龚"中有："少年哀乐过于人，消息都妨父老惊，一事避君君匿笑，欲求缥缈反幽深。"——不觉一笑！

1922年7月31日

往事（二）（节选）

她是翩翩的乳燕，

横海飘游，

月明风紧，

不敢停留——

在她频频回顾的飞翔里

总带着乡愁！

一

那天大雪，郁郁黄昏之中，送一个朋友出山而去。绒绒的雪上，极整齐分明的镌着我们偕行的足印。独自归来的路上，偶然低首，看见洁白匀整的雪花，只这一瞬间，已又轻轻的掩盖了我们去时的踪迹。——白茫茫的大地上，还有谁知道这一片雪下，一刹那前，有个同行，有个送别？

我的心因觉悟而沉沉的浸入悲哀！苏东坡的：

人生到处知何似？

应似飞鸿踏雪泥。

泥上偶然留指爪，

鸿飞那复计东西！

……

那几句还未曾说到尽头处，岂但鸿飞不复计东西？连雪泥上的指爪都是不得而留的……于是人生到处都是渺茫了！

生命何其实在？又何其飘忽？他如迎面吹来的朔风，扑到脸上时，明明觉得砭骨劲寒；他又匆匆吹过，飒飒的散到树林子里，到天空中，渺无来因去果，纵骑着快马，也无处追寻。

原也是无聊，而薄纸存留的时候，或者比时晴的快雪长久些——今日不乐，松涛细响之中，四面风来的山亭上，又提笔来写"往事"。生命的历史一页一页的翻下去，渐渐翻近中叶；页页佳妙，图画的色彩也加倍的鲜明，动摇了我的心灵与眼目。这几幅是造物者的手迹。他轻描淡写了，又展开在我眼前；我瞻仰之下，加上一两笔点缀。

点缀完了，自己看着，似乎起了感慨，人生经得起追写几次的往事？生命刻刻消磨于把笔之顷……

这时青山的春雨已洒到松梢了！

3，7，1924，青山。

二

哪有心肠？然而竟被友人约去话别——

回来已是暮色沉沉。今夜没有电光，中堂燃着两支蜡烛，闪闪的光影，从竹帘里透出，觉得凄清。

走到院子里，已听见母亲同涵和杰断断续续的说话。等我进去时，帘子响处，声音都寂。母亲只低着头做针线，涵和杰惘然的站了起来，却没有话说，只扶着椅背，对着闪闪的烛光呆望。

我怀疑着，一面向母亲说着今天饯别的光景，他们两个竟不来搭话，我也不问。

母亲进去了，我才问他们到底是怎么一回事。涵不言语，杰叹了一口气，半晌说："母亲说……她舍不得你走，你走了她如同……但她又不愿意让你知道……"

几个月来，我们原是彼此心下雪亮，只是手软心酸，不敢揭破这一层纸。然而今夜我听到了这意中的言语，我竟呆了。

忽然涵望着杰沉重的说："母亲吩咐不对莹哥说，你又来多事做什么？"

暂时沉默——这时电灯灿然的亮了，明光里照见他们两个的脸都红着。

杰嗫嚅着说："我想……我想不要紧的……"

涵截住他："不，我不许你说！"声音更严厉了。

这时杰真急了，觉得过分的受哥哥的诃斥。他也大声的说："瞒别人，难道要瞒自己的姊姊？"他负固的抵抗着。

我已丧失了裁判的能力，茫然的，无心的吹灭了蜡烛，正要勉强的说一两句话——

涵的声音凄然了："正是不瞒别人，只瞒自己的姊姊呢！"

两对辛酸的眼光相触，如同刚卸下的琴弦一般，两个人同时无力的低下头去。

我神魂失措的站在他们中间。

电灯又灭了，感谢这一霎时消失的光明！我们只觉得湿热颤动的手，紧紧的互握着，却看不见彼此盈盈的泪眼！

7，23夜，1923，北京

三

今夜林中月下的青山，无可比拟！仿佛万一，只能说是似娟娟的静女，虽是照人的明艳，却不飞扬妖冶；是低眉垂袖，璎珞矜严。

流动的光辉之中，一切都失了正色：松林是一片浓黑的，天空是莹白的，无边的雪地，竟是浅蓝色的了。这三色衬成的宇宙，充满了凝静、超逸与庄严；中间流溢着满空幽哀的神意，一切言词文字都丧失了，似乎不容凝视，不容把握！

今夜的林中，决不宜于将军夜猎——那从骑杂沓，传叫风生，会踏毁了这平整匀纤的雪地；朵朵的火燎，和生寒的铁甲，会缭乱了静冷的月光。

今夜的林中，也不宜于燃枝野餐——火光中的喧哗欢笑，杯盘狼藉，会惊起树上稳栖的禽鸟；踏月归去，数里相和的歌声，会叫破了这如怨如慕的诗的世界。

今夜的林中，也不宜于爱友话别，叮咛细语——凄意已足，语音已微；而抑郁缠绵，作茧自缚的情绪，总是太"人间的"了，对不上这晶莹的雪月，空阔的山林。

今夜的林中，也不宜于高士徘徊，美人掩映——纵使林中月下，有佳句可寻，有佳音可赏，而一片光雾凄迷之中，只容意念回旋，不容人物点缀。

我倚枕百般回肠凝想，忽然一念回转，黯然神伤……

今夜的青山只宜于这些女孩子，这些病中倚枕看月的女孩子！

假如我能飞身月中下视：依山上下曲折的长廊，雪色侵围阑外，月光浸着雪净的衾裯，逼着玲珑的眉宇。这一带长廊之中：万籁俱绝，万缘俱断，有如水的客愁，有如丝的乡梦，有幽感，有澈悟，有祈祷，有忏悔，有万千种话……

山中的千百日，山光松影重叠到千百回，世事从头减去，感悟逐渐侵来，已滤就了水晶般清澈的襟怀。这时纵是顽石钝根，也要思量万事，何况这些思深善怀的女子？

往者如观流水——月下的乡魂旅思，或在罗马故宫，颓垣废柱之旁；或在万里长城，缺堞断阶之上；或在约旦河边，或在麦加城里，或超渡莱因河，或飞越落玑山；有多少魂销目断，是耶非耶？只她知道！

来者如仰高山，——久久的徘徊在困弱道途之上，也许明日，也许今年，就揭卸病的细网，轻轻的试叩死的铁门！

天国泥犁，任她幻拟：是泛入七宝莲池？是参谒白玉帝座？是欢悦？是惊怯？有天上的重逢，有人间的留恋，有未成而可成的事功，有将实而仍虚的愿望；岂但为我？牵及众生，大哉生命！

这一切，融合着无限之生一刹那顷，此时此地的，宇宙中流动的光辉，是幽忧，是澈悟，都已宛宛氤氲，超凡入圣。

万能的上帝，我诚何福？我又何辜？……

2，30夜，1924，沙穰。

四

心血来潮，如听精灵呼唤，从昏迷的睡中，旋风般翻身起坐——

铃声响后，屋门开了，接着床前一阵惨默的忙乱。

狂潮渐退——医生凝立视我无语。护士捧着磁盘，眼光中带着未尽的惊惶。我精神全隳，心里是彻底的死去般的空虚。颊上流着的清泪，只是眼眶里的一种压迫，不是从七情中的任一情来的。

最后仿佛的寻见了我自己是坐着，半缚半围的拥倚在床阑上，胸前系着一个大冰囊。注射过的右臂，麻木隐痛到不能转动，然而我也没有转动的意想。

心血果然凝而不流，飘忽的灵魂，觉出了躯壳的重量。这重量层层下沉，躯壳压在床阑上，床阑压在楼屋上，楼屋又压在大地上。

凝结沉重之中，时间一分一分的过去，人们已退尽。床侧的灯光，是调节到只能看见室内的一切的模糊轮廓为止，——其实这时我自己也只剩一个轮廓！

我连闭目的力量都没有——然而我竟极无端的见了一个梦。

我在层层的殿阁中缓缓行走，却总不得踏着实地，软绵绵的在云雾中行。

不知走了多远，到了最末层；猛抬头看见四个大字的金匾，是"得大自在"，似乎因此觉悟了这是京西卧佛寺的大殿。

不由自主的还是往上走，两庑下忽然加深，黑沉沉的，两边忽然奏起音乐，却看不见一个乐人。那声音如敲繁钟，如吹急管，天风吹送着，十分的错落凄紧！我梦中停足倾耳，自然赞叹，"这是'十番'，究竟还是东方的古乐动人！"

更向里走，殿中更加沉黑，如漆如墨，摸索着愈走愈深。然如同揭开殿顶，射下一道光明来，殿中洞然，不见了那卧佛的大像，后壁上却高高的挂着一幅大白绫子，缀着青绒的大字，明白的是："只因天上最高枝，开向人……"光梢只闪到"人"字，便倏然的掣了回去。我惊退，如雾，如电，不断的乐音中，我倏然的坠下无底深渊去……

无限的下坠之中，灵魂又寻到了躯壳：耳中还听见"十番"室中仍只是几堆模糊的轮廓，星辰在窗外清冷灰白色的天空中闪耀着——

我定一定神，我又微笑，周身仍是沉重冰结，心灵中却来了一缕凉意，是知识来复后的第一个感觉。

天还未明，刚在右臂药力消散之后，我挣扎着探身取了铅笔，将梦中所见的十个字，欹斜的写在一张小纸上，塞在浴衣的袋里。

病到不知西东的时候，冻结的心魂，还有能力飞扬！——光影又只倏然的一闪，"开向人……"之下，竟不知是些什么，无论何时回忆起，都觉得有些惋惜。原也只是许多字形在梦中的观念的再现，而上句"只因天上最高枝"这七个字，连缀得已似乎不错。

1923年11月26日夜，圣卜生疗养院

五

"风浪要来了，这一段水程照例是不平稳的！"

这两句话不知甚时，也不知是从哪一个侍者口中说出来的，一瞬时便在这几百个青年中间传播开了。大家不住的记念着，又报告佳音似的彼此谈说着。在这好奇而活泼的心绪里，与其说是防备着，不如说是希望着罢。

于是大家心里先晕眩了，分外的凝注着海洋。依然的无边闪烁的波涛，似乎渐渐的摇荡起来，定神看时，却又不见得。

我——更有无名的喜悦，暗地里从容的笑着——

晚餐的时候，灯光依旧灿然，广厅上杯光衣影，盈盈笑语之中，忽然看见那些白衣的侍者，托着盘子，欹斜的从许多圆桌中间掠走了过来，海洋是在动荡了！大家暂时的停了刀叉，相顾一笑，眼珠都流动着，好像相告说："风浪来了！"——这时都觉出了船身左右的摇摆。

我没有言语，又满意的一笑。

餐后回到房里——今夜原有一个谈话会——我徐徐的换着衣服，对镜微讴，看见了自己镜中惊喜的神情，如同准备着去赴海的女神召请去对酌的一个夜宴；又如同磨剑赴敌，对手是一个闻名的健者，而自己却有几分胜利的把握。

预定夜深才下舱来，便将睡前一切都安排好了。

出门一笑，厅中几个女伴斜坐在大沙发上，灯光下娇情的谈笑着，笑声中已带晕意。

一路上去，遇见许多挟着毡子，笑着下舱来的同伴，笑声中也有些晕意。

我微笑着走上舱面去。琴旁坐着站着还围有许多人，我拉过一张椅子，坐在玲的旁边。她笑得倚到我的肩上说："风浪来了！"

弹琴的人左右倾敧的双腕仍是弹奏着，唱歌的人，手扶着琴台笑着唱着，忽然身不自主一溜的从琴的这端滑到那端去。

大家都笑了，笑声里似都不想再支持，于是渐渐的四散了。

我转入交际室，谈话会的人都已在里面了，大家团团的坐下。屋里似乎很郁闷。我觉得有些人面色很无主，掩着口蹙然的坐着——大家都觉得在同一的高度中，和室内一切，一齐的反侧敧斜。

似乎都很勉强，许多人的精神，都用到晕眩上了！仿佛中谈起爱海来，华问我为何爱海？如何爱海？——我渐渐的觉得快乐充溢，怡然的笑了。并非喜欢这问题，是喜欢我这时心身上直接自海得来的感觉，我笑说："爱海是这么一点一分的积渐的爱起来的……"

未及说完，一个同伴，掩着口颠顿的走了出去。

大家又都笑了。笑声中，也似乎说："我们散了罢！"却又都不好意思走，断断续续的仍旧谈着。我心神已完全的飞越，似乎水宫赴宴的时间，已一分一分的临近；比试的对手，已一步一步的仗着剑向着我走来，——但我还天一句地一句的说着"文艺批评"。又是一个同伴，掩着口颠顿的走了出去——于是两个，三个……

我知道是我说话的时候了，我笑说："我们散了罢，别为着我大家拘束着！"一面先站了起来。

大家笑着散开了。出到舱外，灯影下竟无一人，阑外只听得涛声。全船想都睡下了，我一笑走上最高层去。

迎着海风，掠一掠鬓发，模糊摇撼之中，我走到阑旁，放倒一个救生圈，抱膝坐在上面，遥对着高竖的烟囱与桅樯。我看见船尾的阑干，与暗灰色的天末的水平线，互相重叠起落，高度相去有五六尺。

我凝神听着四面的海潮音。仰望高空，桅尖指处，只一两颗大星露见。——我的心魂由激扬而宁静，由快乐而感到庄严。海的母亲，在洪涛上轻轻的簸动这大摇篮。几百个婴儿之中，我也许是个独醒者……

我想到母亲，我想到父亲，忆起行前父亲曾笑对我说："这番横渡太平洋，你若晕船，不配作我的女儿！"

我寄父亲的信中，曾说了这几句："我已受了一回风浪的试探。为着要报告父亲，我在海风中，最高层上，坐到中夜。证明了我确是父亲的女儿。"

其实这又何足道？这次的航程，海平如镜，天天是轻风习习，那夜仅是五六尺上下的震荡。侍者口中夸说的风浪，和青年心中希冀惊笑的风浪，比海洋中的实况，大得多了！

8，20夜，1923，太平洋舟中

六

从来未曾感到的，这三夜来感到了，尤其是今夜！——与其说"感"不如说"刺"——今夜感到的，我恳颤的希望这一生再也不感到！

阴历八月十四夜，晚餐后同一位朋友上楼来，从塔窗中，她忽然赞赏的唤我看月。撩开幔子，我看见一轮明月，高悬在远远的塔尖。地上是水银泻地般的月光。我心上如同着了一鞭，但感觉还散漫模糊，只惘然的也赞美了一句，便回到屋里，放下两重帘子来睡了。

早起一边理发，忽又惘惘的忆起昨夜的印象。我想起"……看月多归思，晓起开笼放白鹇"这两句来。如有白鹇可放，我昨夜一定开笼了，然而她纵有双飞翼，也怎生飞渡这浩浩万里的太平洋？我连替白鹇设想的希望都绝了的时候，我觉得到了最无可奈何的境界！

中秋日，居然晴明，我已是心慑，仪又欢笑的告诉我，今夜定在湖上泛舟，我尤其黯然！但这是沿例，旧同学年年此夜请新同学荡舟赏月，我如何敢言语？

黄昏良来召唤我时，天竟阴了，我一边和她走着，说不出心里的感谢。

我们七人，坐了三只小舟，一篙儿点开，缓缓从桥下穿过，已到湖上。

四顾廓然，湖光满眼。环湖的山黯青着，湖水也翠得很凄然。水底看见黑云浮动，湖岸上的秋叶，一丛丛的红意迎人，几座楼台在远处，旋转的次第入望。

我们荡到湖心，又转入水枝低亚处，错落的谈着，不时的仰望云翳的天空。云彩只严遮着，月意杳然。——"千金也买不了她这一刻的隐藏！"我说不出的心里的感谢。

云影只严遮着，月意杳然，夜色渐渐逼人，湖光渐隐。几片黑云，又横曳过湖东的丛树上，大家都怅惘，说："无望了！我们回去罢！"

归棹中我看着舟尾的秋。她在桨声里，似吟似叹的说："月呵！怎么不做美呵！"她很轻巧的又笑了，我也报她一笑。——这是"释然"，她哪儿知道我的心绪？

到岸后，还在堤边留连仰望了片晌。——我想："真可怜——中秋夜居然逃过了！"人人怅惘的归途中，我有说不尽的心里的感谢。

十六夜便不防备，心中很坦然，似乎忘却了。

不知如何，偶然敲了楼东一个朋友的室门，她正灭了灯在窗前坐着。月光满室！我一惊，要缩回也来不及了，只能听她起身拉着我的手，到窗前来。

没有一点缺憾！月儿圆满光明到十二分。我默然，我咬起唇儿，我几乎要迸出一两句诅咒的话！

假如她知道我这时心中的感伤是到了如何程度，她也必不忍这般的用双臂围住我，逼我站在窗前。我惨默无声，我已拼着鼓勇去领略。正如立近万丈的悬崖，下临无际的酸水的海。与其徘徊着惊悸亡魂，不如索性纵身一跃，死心的去感觉那没顶切肤的辛酸的感觉。

我神摇目夺的凝望着：近如方院，远如天文台，以及周围的高高下下的树，都逼射得看出了红，蓝，黄的颜色。三个绿半球针竿高指的圆顶下，不断的白圆穹门，一圈一圈的在地的月影，如墨线画的一般的清晰。十字道四角的青草，青得四片绿绒似的，光天化日之下，也没有这样的分明呵，何况这一切都浸透在这万里迷蒙的光影里……

我开始的诅咒了！

乡愁麻痹到全身，我掠着头发，发上掠到了乡愁；我捏着指尖，指上捏着了乡愁。是实实在在的躯壳上感着的苦痛。不是灵魂上浮泛流动的悲哀！

我一翻身匆匆的辞了她，回到屋里来。匆匆的用手绢蒙起了桌上嵌着父亲和母亲相片的银框。匆匆的拿起一本很厚的书来，扶着头苦读——茫然的翻了几十页，我实在没有气力再敷衍了，推开书，退到床上，万念俱灰的起了呜咽。

我病了……

那夜的惊和感，如夏空的急电，奔腾闪掣到了最高尖。过后回思，使我怃然叹异，而且不自信！如今反复的感着乡愁的心，已不能再飙起。无数的月夜都过去了，有时竟是整夜的看着，情感方面，却至多也不过"惘然"。

痛定思痛，我觉悟了明月为何千万年来，伤了无数的客心，静夜的无限光明之中，将四围衬映得清晰浮动，使她彻底的知道，一身不是梦，是明明白白的去国客游。一切离愁别恨，都不是淡荡的，犹疑的；是分明的，真切的，急如束湿的。

对于这事，我守了半年的缄默；只在今春与友人通讯之间，引了古人月夜的名句之后，我写："呜呼！赏鉴好文学，领略人生，竟须付若大代价耶？"

至于代价如何，"呜呼"两字之后，藏有若干的伤感，我竟没有提，我的朋友因而也不曾问起。

9，26夜，1923，闲璧楼。

七

我当然喜爱花草!

在国内时,我的屋里虽然不断的供养着香花,而剪叶添水的事,我却不常做。父亲或母亲走了进来,用手指按一按盆土,就啧啧的说:"我看花草供到你的屋里来,就是她们的末日到了!"

假如他二位老人家,说完这话就算了时,我自然不能再懒惰,至少也须敷衍敷衍;然而他们说完之后,提水瓶的提水瓶,拿剪刀的拿剪刀;若供的是水仙花,更是不但花根,连盆连石子都洗了。我乐得笑着站在一旁看。

我决不是不爱花,也决不是懒惰。一来我知道我收拾的万不及他们的齐整,——我十分相信收拾花卉是一种艺术——二来我每每喜欢得个题目,引得父亲和母亲和我纠缠。但看去国后,我从未忘了替屋里的花添水!我案头的水仙花,在别人和我同时养起的,还未萌苗的时候,就已怒放。一剪一剪繁密的花朵,将花管带得沉沉下垂,我用细绳将她们轻轻的束起。

花未开尽,我已病到医院里去,自此便隔绝了!只在一个朋友的小启中,提了一句:"你的花,我已替你浇水了。"以后再无人提,我也不好意思再问。但我在病榻上时时想起人去楼空,她自己在室中当然寂静。闭璧楼夜间整齐灿烂的光明中,缺了一点,便是我黑暗的窗户,暗室中再无人看她在光影下的丰神!

入山之后一日,开了朋友们替我收拾了送来的箱子,水仙花的绿盆赫然在内。我知道她在我卧病二十日之中,残落已尽。更无从"托微波以通词",我怅然——良久!

第三天,得了一个匣子,剪开束绳,白纸外一张片子,写着:

无尽的爱,安娜。

纸内包卷着一束猩红的玫瑰。珍重的插在瓶内,黄昏时浓香袭人。

只过了一夜,我早起进来,看见花朵都低垂了,瓣儿憔悴得黑绒剪成的一般!才惊悟到这屋里太冷,后面瑛的小楼上是有暖炉的,她需要花的慰安,她也配受香花供养,我连忙托人带去赠了她。——听说一夜的工夫,花魂又回转了过来。

此后陆续又得了许多花,玫瑰也有,水仙也有,我都不忍留住。送客走后,便自己捧到瑛的楼里。

想起圣卜生医院室中不断的繁花,我不胜神往。然而到了花我不能两全的时候,我宁可刻苦了自己。我寂寞清寒的过了六十天,不曾牺牲一个花朵!

二月十六日,又有友人赠我六朵石竹花,三朵红的,三朵白的,间以几枝凤尾草。那天稍暖,送花的友人又站在一旁看我安插，我不好意思就把花送走，插好便放在屋里的玻璃几上。

夜中见着瑛，我说："又有一瓶花送你了！"她笑着谢了我。

回来欹在枕上，等着出到了廊外之时，忽然看见了几上的几朵石竹花，那三朵白的，倒不觉得怎样，只那三朵红的，红得异样的可怜！

灿然的灯下，红绒般的瓣儿，重叠细碎的光艳照眼，加以花旁几枝凤尾草的细绿的叶围绕着，交辉中竟有滞人的意味。

这时不知是"花"可怜，还是"红"可怜，我心中所起的爱的感觉，很模糊而浓烈……

"我不想再做傻子！周围都是白的，周围都是冷的，看不见一点红艳与生意，这般的过了六十天，何自苦如此？"

我决定留下她！

第二天早起，瑛问我："花呢？"我笑而不答。

今日风雪。我拥毡坐在廊上，回头看见这几朵花，在门窗洞开的室中，玻璃几上，迎着朔风瑟瑟而动，我不语。

进去从书架上取下一本书来，又到廊上。翻开书页，觉得连纸张都是冰冻的。我抬起头来望着那几朵寒颤的花——我又不语。

晚上，这几朵已憔悴损伤，瓣边已焦黄了！悼惜已来不及，我已牺牲了她。

偶然拿起笔来，不知是吊慰她，还是为自己文过，写了
几行：

     ······

    几曾愿挥麈开去？

    雪冷风寒——

    不忍挽柔弱的花枝，

    来陪我禁受。

    顾惜了她们

    逼得我忘怀自己。

    真是何苦来？

    石竹花！

    无情的朋友，又打发了

    浓艳的你们

    来依傍冷幽的我！

    摒却瓶碎花凝，

    也做一回残忍的事罢！

    山中两月，

    彻骨的清寒，

不能再……

到此意尽，笔儿自然的放下，只扶头看着残花出神。

以后也曾重写了三五次，只是整凑不起来。花已死去，过也不必文，至今那张稿纸，还随便的夹在一本书里。

2，20，1924，沙穰

八

是除夜的酒后，在父亲的书室里。父亲看书，我也坐近书几，已是久久的沉默——

我站起，双手支颐，半倚在几上，我唤："爹爹！"父亲抬起头来。"我想看守灯塔去。"

父亲笑了一笑，说："也好，整年整月的守着海——只是太冷寂一些。"说完仍看他的书。

我又说，"我不怕冷寂，真的，爹爹！"

父亲放下书说："真的便怎样？"

这时我反无从说起了！我耸一耸肩，我说："看灯塔是一种最伟大，最高尚，而又最有诗意的生活……"

父亲点头说："这个自然！"他往后靠着椅背，是预备长谈的姿势。这时我们都感着兴味了。

我仍旧站着，我说："只要是一样的为人群服务，不是独善其身；我们固然不必避世，而因着性之相近，我们也不必避'避世'！"

父亲笑着点头。

我接着："避世而出家，是我所不屑做的，奈何以青年有为之身，受十方供养？"

父亲只笑着。

我勇敢的说："灯台守的别名，便是'光明的使者'。他抛离田里，牺牲了家人骨肉的团聚，一切种种世上耳目纷华的娱乐，来整年整月的对着渺茫无际的海天。除却海上的飞鸥片帆，天上的云涌风起，不能有新的接触。除了骀荡的海风，和岛上崖旁转青的小草，他不知春至。我抛却'乐群'，只知'敬业'……"

父亲说："和人群大陆隔绝，是怎样的一种牺牲，这情绪，我们航海人真是透彻中边的了！"言次，他微叹。

我连忙说："否，这在我并不是牺牲！我晚上举着火炬，登上天梯，我觉得有无上的倨傲与光荣。几多好男子，轻侮别离，弄潮破浪，狎习了海上的腥风，驱使着如意的桅帆，自以为不可一世，而在狂飙浓雾，海水山立之顷，他们却蹙眉低首，捧盘屏息，凝注着这一点高悬闪烁的光明！这一点是警觉，是慰安，是导引，然而这一点是由我燃着！"

父亲沉静的眼光中，似乎忽忽的起了回忆。

"晴明之日，海不扬波，我抱膝沙上，悠然看潮落星生。风雨之日，我倚窗观涛，听浪花怒撼崖石。我闭门读书，以海洋为师，以星月为友，这一切都是不变与永久。

"三五日一来的小艇上，我不断的得着世外的消息，和家人朋友的书函；似暂离又似永别的景况，使我们永驻在'的的如水'的情谊之中。我可读一切的新书籍，我可写作，在文化上，我并不曾与世界隔绝。"

父亲笑说："灯塔生活，固然极其超脱，而你的幻象，也未免过于美丽。倘若病起来，海水拍天之间，你可怎么办？"

我也笑道："这个容易——一时虑不到这些！"

父亲道："病只关你一身，误了燃灯，却是关于众生的光明……"

我连忙说："所以我说这生活是伟大的！"

父亲看我一笑，笑我词支，说："我知道你会登梯燃灯；但倘若有大风浓雾，触石沉舟的事，你须鸣枪，你须放艇……"

我郑重地说："这一切，尤其是我所深爱的。为着自己，为着众生，我都愿学！"

父亲无言，久久，笑道："你若是男儿，是我的好儿子！"

我走近一步，说："假如我要得这种位置，东南沿海一带，爹爹总可为力？"

父亲看着我说："或者……但你为何说得这般的郑重？"

我肃然道："我处心积虑已经三年了！"

父亲敛容，沉思的抚着书角，半天，说："我无有不赞成，我无有不为力。为着去国离家，吸受海上腥风的航海者，我忍心舍遣我唯一的弱女，到岛山上点起光明。但是，唯一的条件，灯台守不要女孩子！"

我木然勉强一笑，退坐了下去。

又是久久的沉默——

父亲站起来，慰安我似的："清静伟大，照射光明的生活，原不止灯台守，人生宽广的很！"

我不言语。坐了一会，便掀开帘子出去。

弟弟们站在院子的四隅，燃着了小爆竹。彼此抛掷，欢呼声中，偶然有一两支掷到我身上来，我只笑避——实在没有同他们追逐的心绪。

回到卧室，黑沉沉的歪在床上。除夕的梦纵使不灵验，万一能梦见，也是慰情聊胜无。我一念至诚的要入梦，幻想中画出环境，暗灰色的波涛，峛然的白塔……

一夜寂然——奈何连个梦都不能做！

这是两年前的事了，我自此后，禁绝思虑，又十年不见灯塔，我心不乱。

这半个月来，海上瞥见了六七次，过眼时只悄然微叹。失望的心情，不愿他再兴起。而今夜浓雾中的独立，我竟极奋迅的起了悲哀！

　　丝雨濛濛里，我走上最高层，倚着船阑，忽然见天幕下，四塞的雾点之中，夹岸两嶂淡墨画成似的岛山上，各有一点星光闪烁——

　　船身微微的左右欹斜，这两点星光，也徐徐的在两旁隐约起伏。光线穿过雾层，莹然，灿然，直射到我的心上来，如招呼，如接引，我无言，久——久，悲哀的心弦，开始策策而动！

　　有多少无情有恨之泪，趁今夜都向这两点星光挥洒！凭吟啸的海风，带这两年前已死的密愿，直到塔前的光下——

　　从兹了结！拈得起，放得下，愿不再为灯塔动心，也永不作灯塔的梦，无希望的永古不失望，不希冀那不可希冀的，永古无悲哀！

　　愿上帝祝福这两个塔中的燃灯者！——愿上帝祝福有海水处，无数塔中的燃灯者！愿海水向他长绿，愿海山向他长青！愿他们知道自己是这一隅岛国上无冠的帝王，只对他们，我愿致无上的颂扬与羡慕！

　　　　　　　　　　　　8，28，1923，太平洋舟中。

九

只这般昏昏的，匆匆的别去，既不缠绵，又不悲壮，白担了这许多日子的心了！

头一天午时，我就没有上桌吃饭，弟弟们唤我，我躺在床上装睡。听见母亲在外间说："罢了，不要惹她。"

伤了一会儿的心——下午弟弟们的几个小朋友来了，玩得闹哄哄的。大家环着院子里一个大莲花缸跑，彼此泼水为戏，连我也弄湿了衣襟。母亲半天不在家，到西院舅母那边去了，却吩咐厨房里替我煮了一碗面。

黄昏时又静了下来，我开了琴旁的灯弹琴，好几年不学琴了，指法都错乱，我只心不在焉的反复的按着。最后不知何时已停了弹，只倚在琴台上，看起琴谱来。

父亲走到琴边，说："今晚请你的几个朋友来谈谈也好，就请她们来晚餐。"我答应着，想了一想，许多朋友假期中都走了，星虽远些，还在西城。我就走到电话匣旁，摘下耳机来，找到她，请她多带几个弟妹，今夜是越人多越好。她说晚了，如来不及，不必等着晚餐也罢。那时已入夜，平常是星从我家归去的时候了。

舅母走过来，潜也从家里来了。我们都很欢喜，今夜最怕是只有家人相对！潜说着海舟上的故事，和留学生的笑话，我们听得很热闹。

厨丁在两个院子之间，不住的走来走去，又自言自语的说："九点了！"我从帘子里听见，便笑对母亲说："简直叫他们开饭罢，厨师父在院子里急得转磨呢！——星一时未必来得了。"母亲说："你既请了她，何妨再等一会？"和我说着，眼却看着父亲。父亲说："开来也好，就请舅母和潜在这里吃罢。我们家里按时惯了，偶然一两次晚些，就这样的鸡犬不宁！"

我知道父亲和母亲只怕的是我今夜又不吃饭，如今有舅母和潜在这里，和星来一样，于是大家都说好——纷纭语笑之中，我好好吃了一顿晚饭。

饭后好一会，星才来到，还同着宪和宜，我同楫迎了出去，就进入客室。

话别最好在行前八九天，临时是"话"不出来的。不是轻重颠倒，就是无话可说。所以我们只是东拉西扯，比平时的更淡漠，更无头绪，我一句也记不得了。

只记得一句，还不是我们说的。

我和星，宜在内间，楫陪着宪在外间，只隔着一层窗纱，小孩子谈得更热闹。

星忽然摇手，听了一会，笑对我说："你听你小弟弟和宪说的是什么？"我问："是什么？"她笑道："他说，'我姊姊走了，我们家里，如同丢了一颗明珠一般！'"她说着又笑了，宜也笑了，我不觉脸红起来。

——我们姊弟平日互相封赠的徽号多极了！什么剑客，诗人，哲学家，女神等等，彼此混谥着。哪里是好意？三分亲爱，七分嘲笑，有时竟等于怨谤，一点经纬都没有的！比如说父亲或母亲偶然吩咐传递一件东西，我们争着答应，自然有一个捷足先得，偶然得了夸奖，其余三个怎肯干休？便大家站在远处，点头赞叹的说："孝子！真孝顺！'二十四孝'加上你，二十五孝了！"结果又引起一番争论。

这些事只好在家里通行，而童子无知，每每在大庭广众之间，也弄假成真的说着，总使我不好意思——

我也只好一笑，遮掩开去。

舅母和潜都走了，我们便移到中堂来。时已夜午，我觉得心中烦热，竟剖开了一个大西瓜。

弟弟们零零落落的都进去了，再也不出来。宪没有人陪，也有了倦意。星说："走罢，远得很呢，明天车站上送你！"说着有些凄然。——岂知明天车站上并没有送着，反是半个月后送到海舟上来，这已是我大梦中的事了！

送走了她们，走入中间，弟弟们都睡了。进入内室，只父亲一人在灯下，我问妈妈呢，父亲说睡下了。然而我听见母亲在床上转侧，又轻轻的咳嗽，我知道她不愿意和我说话，也就不去揭帐。

默然片晌，——父亲先说些闲话，以后慢慢的说："我十七岁离家的时候，祖父嘱咐我说：'出外只守着三个字：勤，慎，……'"

没有说完，我低头按着胸口——父亲皱眉看着我，问："怎么了？"我说："没有什么，有一点心痛……"

父亲叹了一口气，站起身来，说："不早了，你睡去罢，已是一点钟了。"

回到屋里，抚着枕头也起了恋恋，然而一夜睡得很好。

早饭是独自吃的，告诉过母亲到佟府和女青年会几个朋友那里辞行，便出门去了。又似匆匆，又似挨延的，近午才回来。

入门已觉得凄切！在院子里，弟弟们拦住我，替我摄了几张快影。照完我径入己室，扶着书架，泪如雨下。

舅母抱着小因来了，说："小因来请姑姑了，到我们那边吃饺子去！"我连忙强笑着出来，接过小因，偎着她。就她的肩上，印我的泪眼——便跟着舅母过来。

也没有吃得好：我心中的酸辛，千万倍于蘸饺子的姜醋，父亲踱了过来，一面逗小因说笑，却注意我吃了多少，我更支持不住，泪落在碗里，便放下筷子。舅母和嫂嫂含着泪只管让着，我不顾的站了起来……

回家去，中堂里正撤着午餐。母亲坐在中间屋里，看见我，眼泪便滚了下来。我那时方寸已乱！一会儿恐怕有人来送我，与其左右是禁制不住，有在人前哭的，不如现在哭。我叫了一声"妈妈"，挨坐了下去。我们冰凉颤动的手，紧紧的互握着臂腕，呜咽不成声！——半年来的自欺自慰，相欺相慰，无数的忍泪吞声，都积攒了来，有今日恣情的一恸！

鸦雀无声，没有一个人来劝，恐怕是要劝的人也禁制不住了。

我释了手，卧在床上，泪已流尽，闭目躺了半晌，心中倒觉得廓然。外面人报潜来了，母亲便走了出去。小朋友们也陆续的来了，我起来洗了脸，也出去和他们从容的谈起话来。

外面门环响，说："马车来了。"小朋友们都手忙脚乱的先推出自行车去，潜拿着帽子，站在堂门边。

我竟微笑了！我说："走了！"向空发言似的，这语声又似是从空中来，入耳使我惊慑。我不看着任一个人，便掀开帘子出去。

极迅疾的！我只一转身，看见涵站在窗前，只在我这一转身之顷，他极酸恻的瞥了我一眼，便回过头去！可怜的孩子！他从昨日起未曾和我说话，他今天连出大门来送我的勇气都没有！这一瞥眼中，有送行，有抱歉，有慰藉，有无限的别话，我都领会了！别离造成了今日异样懂事的一个他！今天还是他的生日呢，无情的姊姊连寿面都不吃，就走了！……

走到门外，只觉得车前人山人海，似乎家中大小上下都出来了。我却不曾看见母亲。不知是我不敢看她，或是她隐在人后，或是她没有出来。我看见舅母，嫂嫂，都含着泪。连站在后面的白和张，说了一声"一路平安"，声音都哽咽着，眼圈儿也红了。

坐车，骑车的小孩子，都启行了。我带着两个弟弟，两个妹妹，上了车，车门砰的一声关上了。马一扬鬣，车轮已经转动。只几个转动，街角的墙影，便将我亲爱的人们和我的，相互的视线隔断了……

我又微笑着向后一倚。自此入梦！此后的都是梦境了！

只这般昏昏的匆匆的一别，既不缠绵，又不悲壮，白担了这许多日子的心了！

然而只这昏昏的匆匆的一别，便把我别到如云的梦中来！九个月来悬在云雾里，眼前飞掠的只是梦幻泡影，一切色，声，香，味，触，法，都很异样，很麻木，很飘浮。我挣扎把握，也撮不到一点真实！

这种感觉不是全然于我无益的，九个月来，不免有时遇到支持不住的事，到了悲哀宛转，无可奈何的时节，我就茫然四顾的说："不管它罢，这一切原都在梦中呢！"

就是此刻的突起的乡愁，也这样迷迷糊糊的让它过去了！

8，3，1923，北京。

十

只是这般昏昏的匆匆的一别，既不缠绵，又不悲壮；然而前天我追写的时候，我的眼泪流得比笔尖移动得还快！亭中寂寂，浓密的松枝外，好鸟时鸣，嫣红姹紫开遍；而我除了膝上的纸笔，和一方湿透的纱巾外，看不见别的！

我写时不须思索，没有着力，而回忆如大河泛决，奔越四流。我恨不能百管齐下，同时描述了每一段时间，每一个人，每一端思念！

我写时因呜咽而中断了好几次，归结只写了顾一失百的那一篇，而那一篇中的每一小段都是无尽，每一小段都能演绎到千万言！

文艺既凭借着主观的欣赏，我写时如雨的眼泪，未必能普遍的感动了世间一切有情。但因着字字真切的本地风光，在那篇中提名的人，决不能不起一番真切的回忆，而终于坠泪，第一个人就是我的母亲！

我远道寄回这几篇去，我不能伴她同读，引动她的伤感后，不能有即时笑语的慰藉，我诚何心？

然而不须感伤，我至爱的母亲！我灵魂是躯壳的主宰，别离之前，虽不知离愁深刻到如斯，而未尝不知别离之苦。我要推却别离，没有别离敢来挽我。为着人生，我曾自愿不住的挥着别泪，作此"弱游"！

别的都不说，只这昏昏的匆匆的一别，先在世上绝对的承认了一个"我"的存在，为幸已多！

乡愁每深一分，"我"的存在就证实了一分，——何以故？因我确有个感受痛苦的心灵与躯壳故！

既承认了"我"，就不能不承认宇宙中无量数的"他"。更不能不承认了包罗一切的"生命"，以及生命中的一切。

我既绝对承认了生命，我便愿低头去领略。我便愿遍尝了人生中之各趣，人生中之各趣我便愿遍尝！——我甘心乐意以别的泪与病的血为赞，推开了生命的宫门。

我曾说：

"别离碎我为微尘，和爱和愁，病又把我团捏起来，还敷上一层智慧。等到病叉手退立，仔细端详，放心走去之后，我已另是一个人！

"她已渐远渐杳，我虽没有留她的意想，望着她的背影，却也觉得有些凄恋。我起来试走，我的躯体轻健；我举目四望，我的眼光清澈。遍天涯长着萋萋的芳草，我要从此走上远大的生命的道途！感谢病与别离。二十余年来，我第一次认识了生命。"

所以，不须伤感，我至爱的母亲！凭着血与泪，我已推开了生命神秘的宫门。因着巨大的代价，我从此要领受人生，享乐人生。

不须伤感，我至爱的母亲！悲哀只是一霎时，我的青春活泼的心，决不作悲哀的留滞。日来渐惯了单寒羁旅，离愁已浅，病缘已断；只往事匆匆追忆，难得当日哀乐纵横，贻我以抒写时的洒落与回味！

不须伤感，我至爱的母亲！往事的追写，决不会摧耗了我的精神，有把笔的可能，总未到悲哀的极致。母亲寄我的信中曾有：

"除夕我因你不在，十分难过，就想写信，提起笔来，心中一阵难受，又放下了笔，不能再写……"可知到了悲极，决无能力把笔！我只洒洒落落写来，写完心释。投笔之后，就让它从此成为"往事"，不予以多一刻的留连！

往事愿都撇在一边！——现在我收了纸笔，要在斜阳中下了山亭。春光真明媚！芊芊无际的山坡上，开了万树不知名的黄的，白的，红的，紫的花，内中我只认得樱花已开，丁香已含苞，杨柳的嫩黄，与松枝的深绿，衬以知更雀的红胸，真是异样的鲜明！此行循着紫罗兰路，也许采些野花归去。

愿上帝祝福母亲！
愿上帝祝福母亲！

1924年5月19日，青山。

附注：每篇末的日月，是那段"往事"发生的时期与地点，和写作的时地，是不相干的。

南 归
——贡献给母亲在天之灵

去年秋天，楫自海外归来，住了一个多月又走了。他从上海十月三十日来信说："……今天下午到母亲墓上去了，下着大雨。可是一到墓上，阳光立刻出来。母亲有灵！我照了六张相片。照完相，雨又下起来了。姊姊！上次离国时，母亲在床上送我，嘱咐我，不想现在是这样的了！……"

我的最小偏怜的海上飘泊的弟弟！我这篇《南归》，早就在我心头，在我笔尖上。只因为要瞒着你，怕你在海外孤身独自，无人劝解时，得到这震惊的消息，读到这一切刺心刺骨的经过。我挽住了如澜的狂泪，直待到你归来，又从我怀中走去。在你重过飘泊的生涯之先，第一次参拜了慈亲的坟墓之后，我才来动笔！你心下一切都已雪亮了。大家颤栗相顾，都已做了无母之儿，海枯石烂，世界上慈怜温柔的恩福，是没有我们的份了！我纵然尽写出这深悲极恸的往事，我还能在你们心中，加上多少痛楚？！我还能在你们心中，加上多少痛楚？！

现在我不妨解开血肉模糊的结束，重理我心上的创痕。把心血呕尽，眼泪倾尽，和你们恣情开怀的一恸，然后大家饮泣收泪，奔向母亲要我们奔向的艰苦的前途！

我依据着回忆所及，并参阅藻的日记，和我们的通信，将最鲜明，最灵活，最酸楚的几页，一直写记了下来。我的握笔的手，我的笔儿，怎想到有这样运用的一天！怎想到有这样运用的一天！

前冬十二月十四日午，藻和我从城中归来，客厅桌上放着一封从上海来的电报，我的心立刻震颤了。急忙的将封套拆开，上面是"……母亲云，如决回，提前更好"，我念完了，抬起头来，知道眼前一片是沉黑的了！

藻安慰我说："这无非是母亲想你，要你早些回去，决不会怎样的。"我点点头。上楼来脱去大衣，只觉得全身战栗，如冒严寒。下楼用饭之先，我打电话到中国旅行社买船票。据说这几天船只非常拥挤，须等到十九日顺天船上，才有舱位，而且还不好。我说无论如何，我是走定了。即使是猪圈，是狗窦，只要能把我渡过海去，我也要蜷伏几宵——就这样的定下了船票。

夜里如同睡在冰穴中，我时时惊跃。我知道假如不是母亲病的危险，父亲决不会在火车断绝，年假未到的时候，催我南归。他拟这电稿的时候，虽然有万千的斟酌使词气缓和，而背后陷隐的着急与悲哀是掩不住的——藻用了无尽的言语来温慰我；说身体要紧，无论怎样，在路上，在家里，过度的悲哀与着急，都与自己母亲是无益有害的。这一切我也知道，便饮泪收心的睡了一夜。

以后的几天，便消磨在收拾行装，清理剩余手续之中。那几天又特别的冷。朔风怒号，楼中没有一丝暖气。晚上藻和我总是强笑相对，而心中的怔忡，孤悬，恐怖，依恋，在不语无言之中，只有钟和灯知道了！

杰还在学校里，正预备大考。南归的消息，纵不能瞒他，而提到母亲病的推测，我们在他面前，总是很乐观的，因此他也还坦然。天晓得，弟弟们都是出乎常情的信赖我。他以为姊姊一去，母亲的病是不会成问题的。可怜的孩子，可祝福的无知的信赖！

十八日的下午四时二十五分的快车，藻送我到天津。这是我们蜜月后的第一次同车，虽然仍是默默的相挨坐着，而心中的甜酸苦乐，大不相同了！窗外是凝结的薄雪，窗隙吹进砭骨的冷风，斜日黯然，我已经觉得腹痛。怕藻着急，不肯说出，又知道说了也没用，只不住的喝热茶。七点多钟到天津，下了月台，我已痛得走不动了。好容易挣出站来，坐上汽车，径到国民饭店，开了房间，我一直便躺在床上。藻站在床前，眼光中露出无限的惊惶："你又病了？"我呻吟着点一点头。——我以后才发现这病是慢性的盲肠炎。这病根有十年了，一年要发作一两次。每次都痛彻心腑，痛得有时延长至十二小时。行前为预防途中复发起见，曾在协和医院仔细验过，还看不出来。直到以后从上海归来，又患了一次，医生才绝对的肯定，在协和开了刀，这已是第二年三月中的事了。

这夜的痛苦，是逐秒逐分的加紧，直到夜中三点。我神志模糊之中，只觉得自己在床上起伏坐卧，呕吐，呻吟，连藻的存在都不知道了。中夜以后，才渐渐的缓和，转过身来对坐在床边拍抚着我的藻，作颓乏的惨笑。他也强笑着对我摇头不叫我言语。慢慢的替我卸下大衣，严严的盖上被。我觉得刚一闭上眼，精魂便飞走了！

醒来眼里便满了泪；病后的疲乏，临别的依恋，眼前旅行的辛苦，到家后可能的恐怖的事实，都到心上来了。对床的藻，正做着可怜的倦梦。一夜的劳瘁，我不忍唤醒他，望着窗外天津的黎明，依旧是冷酷的阴天！我思前想后，除了将一切交给上天之外，没有别的方法了！

这一早晨，我们又相倚的坐着。船是夜里十时开，藻不能也不敢说出不让我走的话，流着泪告诉我："你病得这样！我是个穷孩子，忍心的丈夫。我不能陪你去，又不能替你预备下好舱位，我让你自己在这时单身走！……"他说着哽咽了。我心中更是甜酸苦辣，不知怎么好，又没有安慰他的精神与力量，只有无言的对泣。

还是藻先振起精神来，提议到梁任公家里，去访他的女儿周夫人，我无力的赞成了。到那里蒙他们夫妇邀去午饭。席上我喝了一杯白兰地酒，觉得精神较好。周夫人对我提到她去年的回国，任公先生的病以及他的死。悲痛沉挚之言，句句使我闻之心惊胆跃，最后实在坐不住，挣扎着起来谢了主人。发了一封报告动身的电报到上海，两点半钟便同藻上了顺天船。

房间是特别官舱，出乎意外的小！又有大烟囱从屋角穿过。上铺已有一位广东太太占住，箱儿篓子，堆满了一屋。幸而我行李简单，只一副卧具，一个手提箱。藻替我铺好了床，我便蜷曲着躺下。他也蜷伏着坐在床边。门外是笑骂声，叫卖声，喧呶声，争竞声；杂着油味，垢腻味，烟味，咸味，阴天味；一片的拥挤，窒塞，纷扰，叫嚣！我忍住呼吸，闭着眼。藻的眼泪落在我的脸上："爱，我恨不能跟了你去！这种地方岂是你受得了的！"我睁开眼，握住他的手："不妨事，我原也是人类中之一！"

直挨到夜中九时，烟囱旁边的横床上，又来了一位女客，还带着一个小女儿。屋里更加紧张拥挤了，我坐了起来，拢一拢头发，告诉藻："你走罢，我也要睡一歇，这屋里实在没有转身之地了！"因着早晨他说要坐三等车回北平去，又再三的嘱咐他："天气冷，三等车上没有汽炉，还是不坐好。和我同甘苦，并不在于这情感用事上面！"他答应了我，便从万声杂沓之中挤出去了。

——到沪后，得他的来信说："对不起你，我毕竟是坐了三等车。试想我看着你那样走的，我还有什么心肠求舒适？即此，我还觉得未曾分你的辛苦于万一！更有一件可喜的事，我将剩下的车费在市场的旧书摊上，买了几本书了……"——这几天的海行，窗外只看见塘沽的碎裂的冰块，和大海的洪涛。人气蒸得模糊的窗眼之内，只听得人们的呕吐。饭厅上，茶房连叠声叫"吃饭咧！"以及海客的谈时事声，涕唾声。这一百多钟头之中，我已置心身于度外，不饮不食，只求能睡，并不敢想到母亲的病状。睡不着的时候，只瞑目遐思夏日蜜月旅行中之西湖莫干山的微蓝的水，深翠的竹，以求超过眼前地狱景况于万一！

二十二日下午，船缓缓的开进吴淞口，我赶忙起来梳头着衣，早早的把行装收拾好。上海仍是阴天！我推测着数小时到家后可能的景况，心灵上只有战栗，只有祈祷！江上的风吹得萧萧的。寒星般的万船楼头的灯火，照映在黄昏的深黑的水上，画出弯颤的长纹。晚六时，船才缓缓的停在浦东。我又失望，又害怕，孤身旅行，这还是第一次。这些脚夫和接水，我连和他们说话的胆量都没有，只把门紧紧的关住，等候家里的人来接。直等到七时半，客人们都已散尽，连茶房都要下船去了。无可奈何，才开门叫住了一个中国旅行社的接客，请他照应我过江。

我坐在颠簸的摆渡上，在水影灯光中，只觉得不时摇过了黑而高大的船舷下，又越过了几只横渡的白篷带号码的小船。在料峭的寒风之中，淋漓精湿的石阶上，踏上了外滩。大街楼顶广告上的电灯联成的字，仍旧追逐闪烁着，电车仍旧是隆隆不绝的往来的走着。我又已到了上海！万分昏乱的登上旅行社运箱子的汽车，连人带箱子从几个又似迅速又似疲缓的转弯中，便到了家门口。

按了铃，元来开门。我头一句话，是"太太好了么？"他说："好一点了。"我顾不得说别的，便一直往楼上走。父亲站在楼梯的旁边接我。走进母亲屋里，华坐在母亲床边，看见我站了起来。小菊倚在华的膝旁，含羞的水汪汪的眼睛直望着我。我也顾不得抱她，我俯下身去，叫了一声"妈！"看母亲时，真病得不成样子了！所谓"骨瘦如柴"者，我今天才理会得！比较两月之前，她仿佛又老了二十岁。额上似乎也黑了。气息微弱到连话也不能说一句，只用悲喜的无主的眼光看着我……

父亲告诉我电报早接到了。涵带着苑从下午五时便到码头去了，不知为何没有接着。这时小菊在华的推挽里，扑到我怀中来，叫了一声"姑姑"。小脸比从前丰满多了，我抱起她来，一同伏到母亲的被上。这时我的眼泪再也止不住了，赶紧回头走到饭厅去。

涵不久也回来了，脸冻得通红——我这时方觉得自己的腿脚，也是冰块一般的僵冷。——据说是在外滩等到七时。急得不耐烦，进到船公司去问，公司中人待答不理的说："不知船停在哪里，也许是没有到罢！"他只得转了回来。

饭桌上大家都默然。我略述这次旅行的经过，父亲凝神看着我，似乎有无限的过意不去。华对我说发电叫我以后，才告诉母亲的，只说是我自己要来。母亲不言语，过一会子说："可怜的，她在船上也许时刻提心吊胆的想到自己已是没娘的孩子了！"

饭后涵华夫妇回到自己的屋里去。我同父亲坐在母亲的床前。母亲半闭着眼，我轻轻的替她拍抚着。父亲悄声的问："你看母亲怎样？"我不言语，父亲也默然，片晌，叹口气说："我也看着不好，所以打电报叫你，我真觉得四无依傍——我的心都碎了！……"

此后的半个月，都是侍疾的光阴了。不但日子不记得，连昼夜都分不清楚了！一片相连的是母亲仰卧的瘦极的睡容，清醒时低弱的语声和憔悴的微笑，窗外的阴郁的天，壁炉中发爆的煤火，凄绝静绝的半夜炉台上滴答的钟声，黎明时四壁黯然的灰色，早晨开窗小立时濛濛的朝雾！在这些和泪的事实之中，我如同一个无名的孤儿，独自赤足拖踏过这万重的火焰！

在这一片昏乱迷糊之中，我只记得侍疾的头几天，我是每天晚上八点就睡，十二点起来，直至天明。起来的时候，总是很冷。涵和华摩挲着忧愁的倦眼，和我交替。我站在壁炉边穿衣裳，母亲慢慢的侧过头来说："你的衣服太单薄了，不如穿上我的黑骆驼绒袍子，省得冻着！"我答应了，她又说："我去年头一次见藻，还是穿那件袍子呢。"

她每夜四时左右，总要出一次冷汗，出了汗就额上冰冷。在那时候，总要喝南枣北麦汤，据说是止汗滋补的。我恐她受凉，又替她缝了一块长方的白绒布，轻轻的围在额上。母亲闭着眼微微的笑说："我像观世音了。"我也笑说："也像圣母呢！"

　　因着骨痛的关系，她躺在床上，总是不能转侧。她瘦得只剩一把骨了，褥子嫌太薄，被又嫌太重。所以褥子底下，垫着许多棉花枕头，鸭绒被等，上面只盖着一层薄薄的丝绵被头。她只仰着脸在半靠半卧的姿势之下，过了我和她相亲的半个月，可怜的病弱的母亲！

　　夜深人静，我偎卧在她的枕旁。若是她精神较好，就和我款款的谈话，话音轻得似天半飘来，在半朦胧半追忆的神态之中，我看她的石像似的脸，我的心绪和眼泪都如潮涌上。她谈着她婚后的睽离和甜蜜的生活，谈到幼年失母的苦况，最后便提到她的病，她说："我自小千灾百病的，你父亲常说：'你自幼至今吃的药，总集起来，够开一间药房的了。'真是我万想不到，我会活到六十岁！男婚女嫁，大事都完了。人家说，'久病床前无孝子'，我这次病了五个月，你们真是心力交瘁！我对于我的女儿，儿子，媳妇，没有一毫的不满意。我只求我快快的好了，再享两年你们的福……"我们心力交瘁，能报母亲的恩慈于万一么？母亲这种过分爱怜的话语，使听者伤心得骨髓都碎了！

如天之福，母亲临终的病，并不是两月前的骨疯。可是她的老病"胃痛"和"咳嗽"又回来了。在每半小时一吃东西之外，还不住的要服药，如"胃活""止咳丸"之类，而且服量要每次加多。我们知道这些药品都含有多量的麻醉性的，起先总是竭力阻止她多用。几天以后，为着她的不能支持的痛苦，又渐渐的知道她的病是没有痊愈的希望，只得咬着牙，忍着心肠，顺着她的意思，狂下这种猛剂，节节的暂时解除她突然袭击的苦恼。

　　此后她的精神愈加昏弱了，日夜在半醒不醒之间。却因着咳嗽和胃痛，不能睡得沉稳，总得由涵用手用力的替她揉着，并且用半催眠的方法，使她入睡。十二月二十四夜，是基督降生之夜。我伏在母亲的床前，终夜在祈祷的状态之中！在人力穷尽的时候，宗教的倚天祈命的高潮，淹没了我的全意识。我觉得我的心香一缕勃勃上腾，似乎是哀求圣母，体恤到婴儿爱母的深情，而赐予我以相当的安慰。那夜街上的欢呼声，爆竹声不停。隔窗看见我们外国邻人的灯彩辉煌的圣诞树，孩子们快乐的歌唱跳跃，在我眼泪模糊之中，这些都是针针的痛刺！

　　半夜里父亲低声和我说："我看你母亲的身后一切该预备了，旧式的种种规矩，我都不懂。而且我看也没有盲从的必要。关于安葬呢——你想还回到故乡去么？山遥水隔的，你们轻易回不去，年深月久，倒荒凉了，是不是？不过这须探问你母亲的意思。"我说："父亲说出这话来，是最好不过的了。

本来这些迷信禁忌的办法，我们所以有时曲从，都是不忍过拂老人家的意思。如今父亲既不在乎这些，母亲又是个最新不过的人。纵使一切犯忌都有后验，只要母亲身后的事能舒舒服服的办过去，千灾五毒，都临到我们四个姊弟身上，我们也是甘心情愿的！"

——第二天我们便托了一位亲戚到万国殡仪馆接洽一切，钢棺也是父亲和我亲自选定的。这些以后在我寄藻和杰，都说得很详细。——

这样又过了几天。母亲有时稍好，微笑的躺着。小菊爬到枕边，捧着母亲的脸叫"奶奶"。华和我坐在床前，谈到秋天母亲骨痛的时候，有时躺在床上休息，有时坐在廊前大椅上晒太阳，旁边几上总是供着一大瓶菊花。母亲说："是的，花朵儿是越看越鲜，永远不使人厌倦。病中阳光从窗外进来，照在花上，我心里便非常的欢畅！"母亲这种爱好天然的性情，在最深的病苦中，仍是不改。她的骨痛，是由指而臂，而肩背，而膝骨，渐渐下降，全身僵痛，日夜如在桎梏之中，偶一转侧，都痛彻心腑。假如我是她，我要痛哭，我要狂呼，我要咒诅一切，弃掷一切。而我的最可敬爱的母亲，对于病中的种种，仍是一样的接受，一样的温存。对于儿女，没有一句性急的话语；对于奴仆，却更加一倍的体恤慈怜。对于这些无情的自然，如阳光，如花卉，在她的病的静息中，也加倍的温煦馨香。这是上天赐予，惟有她配接受享用的一段恩福！

我们知道母亲决不能过旧历的新年了，便想把阳历的新年，大大的点缀一下。一清早起来，先把小菊打扮了，穿上大红缎子棉袍，抱到床前，说给奶奶拜年。桌上摆上两盘大福桔，炉台窗台上的水仙花管，都用红纸条束起。又买了十几盏小红纱灯，挂在床角上，炉台旁，电灯下。我们自己也略略的装扮了，——我那时已经有十天没有对镜梳掠了！我觉得平常过年，我们还没有这样的起劲！到了黄昏我将十几盏纱灯点起挂好之后，我的眼泪，便不知是从哪里来的，一直流个不断了！

　　有谁经过这种的痛苦？你的最爱的人，抱着最苦恼的病，要在最短的时间内从你的腕上臂中消逝；同时你要佯欢诡笑的在旁边伴着，守着，听着，看着，一分一秒的爱惜恐惧着这同在的光阴！这样的生活，能使青年人老，老年人死，在天堂上的人，下了地狱！世间有这样痛苦的人呵，你们都有了我的最深极厚的同情！

　　裁缝来了，要裁做母亲装裹的衣裳。我悄悄的把他带到三层楼上。母亲平时对于穿着，是一点不肯含糊的。好的时候遇有出门，总是把要穿的衣服，比了又比，看了又看，熨了又熨。所以这次我对于母亲寿衣的材料，颜色，式样，尺寸，都不厌其详的叮咛嘱咐了。告诉他都要和好人的衣裳一样的做法，若含糊了要重做的。至于外面的袍料，帽子，袜子，手套等，都是我偷出睡觉的时间来，自己去买的。那天上海冷极，全市如冰。而我的心灵，更有万倍的僵冻！

回来脱了外衣，走到母亲跟前。她今天又略好了些，问我："睡足了么？"我笑说："睡足了。"因又谈起父亲的生日——阳历一月三日，阴历十二月四日——快到了。父亲是在自己生日那天结婚的。因着母亲病了，父亲曾说过不做生日，而父母亲结婚四十年的纪念，我们却不能不庆祝。这时父亲涵华等都在床前，大家凑趣谈笑，我们便故作娇痴的伴问母亲做新娘时的光景。母亲也笑着，眼里似乎闪烁着青春的光辉。她告诉我们结婚的仪式，赠嫁的妆奁，以及佳礼那天怎样的被花冠压得头痛。我们都笑了。爬在枕边的小菊看见大家笑，也莫名其妙的大声娇笑。这时，眼前一切的悲怀，似乎都忘却了。

第二天晚上为父亲暖寿。这天母亲又不好，她自己对我说："我这病恐怕不能好了。我从前看弹词，每到人临危的时候总是说'一日轻来一日重，一日添症八九分'。便是我此时的景象了。"我们都忙笑着解释，说是天气的关系，今天又冷了些。母亲不言语。但她的咳嗽，愈见艰难了，吐一口痰，都得有人使劲的替她按住胸口。胃痛也更剧烈了，每次痛起，面色惨变。——晚上，给父亲拜寿的子侄辈都来了。涵和华忙着在楼下张罗。我仍旧守在母亲旁边。母亲不住的催我，快拢拢头，换换衣服，下楼去给父亲拜寿。我含着泪答应了。草草的收拾毕，下得楼来，只看见寿堂上红烛辉煌，父亲坐在上面，右边并排放着一张空椅子。我一跪下，眼泪突然的止不住了，一翻身赶紧就上楼去，大家都默然相视无语。

夜里母亲忽然对我提起她自己儿时侍疾的事了："你比我有福多了，我十四岁便没了母亲！你外祖母是痨病，那年从九月九卧床，就没有起来。到了腊八就去世了。病中都是你舅舅和我轮流伺候着。我那时还小，只记得你外祖母半夜咽了气，你外祖父便叫老妈子把我背到前院你叔祖母那边去了。从那时起，我便是没娘的孩子了。"她叹了一口气，"腊八又快到了。"我那时真不知说什么好。母亲又说："杰还不回来——算命的说我只有两孩子送终，有你和涵在这里，我也满意了。"

父亲也坐在一边，慢慢的引她谈到生死，谈到故乡的茔地。父亲说："平常我们所说的'狐死首丘'，其实也不是……"母亲便接着说，"其实人死了，只剩一个躯壳，丢在哪里都是一样。何必一定要千山万水的运回去，将来糊口四方的子孙们也照应不着。"

现在回想，那时母亲对于自己的病势，似乎还模糊，而我们则已经默晓了，在轮替休息的时间内，背着母亲，总是以眼泪洗面。我知道我的枕头永远是湿的。到了时候，走到母亲面前，却又强笑着，谈些不要紧的宽慰的话。涵从小是个浑化的人，往常母亲病着，他并不会怎样的小心服侍。这次他却使我有无限的惊奇！他静默得像医生，体贴得像保姆。我在旁静守着，看他喂桔汁，按摩，那样子不像儿子服侍母亲，竟像父亲调护女儿！他常对我说："病人最可怜，像小孩子，有话说不出来。"他说着眼眶便红了。

这使我如何想到其余的两个弟弟！杰是夏天便到塘沽工厂实习去了。母亲的病态，他算是一点没有看见。楫是十一月中旬走的。海上漂流，明年此日，也不见得会回来。母亲对于楫，似乎知道是见不着了，并没有怎样的念道他。却常常的问起杰："年假快到了，他该回来了罢？"一天总问起三四次，到了末几天，她说："他知道我病，不该不早回！做母亲的一生一世的事……"我默然，母亲哪里知道可怜的杰，对于母亲的病还一切蒙在鼓里呢！

十二月三十一夜，除夕。母亲自己知道不好，心里似乎很着急，一天对我说了好几次："到底请个大医生来看一看，是好是坏，也叫大家定定心。"其实那时隔一两天，总有医生来诊。照样的打补针，开止咳的药，母亲似乎腻烦了。我们立刻商量去请V大夫，他是上海最有名的德国医生，秋天也替她看过的。到了黄昏，大夫来了。我接了进来，他还认得我们，点首微笑。替母亲听听肺部，又慢慢的扶她躺下，便走到桌前。我颤声的问："怎么样？"他回头看了看母亲，"病人懂得英文么？"我摇一摇头，那时心胆已裂！他低声说："没有希望了，现时只图她平静的度过最后的几天罢了！"

本来是我们意识中极明了的事，却经大夫一说破，便似乎全幕揭开了。一场悲惨的现象，都跳跃了出来！送出大夫，在甬道上，华和我都哭了，却又赶紧的彼此解劝说："别把眼睛哭红了，回头母亲看出，又惹她害怕伤心。"我们拭了眼泪，整顿起笑容，走进屋里，到母亲床前说："医生说不妨事的，只要能安心静息，多吃东西，精神健朗起来，就慢慢的会好了。"母亲点一点头。我们又说："今夜是除夕，明天过新历年了，大家守岁罢。"

领略人生，可是一件容易事？我曾说过种种无知，痴愚，狂妄的话语，我说："我愿遍尝人生中的各趣，人生中的各趣，我都愿遍尝。"又说："领略人生，要如滚针毡，用血肉之躯，去遍挨遍尝，要它针针见血。"又说："哀乐悲欢，不尽其致时，看不出生命之神秘与伟大。"其实所谓之"神秘""伟大"，都是未经者理想企望的言词，过来人自欺解嘲的话语！我宁可做一个麻木，白痴，浑噩的人，一生在安乐，卑怯，依赖的环境中过活。我不愿知神秘，也不必求伟大！

话虽如此，而人生之逼临，如狂风骤雨。除了低头闭目战栗承受之外，没有半分方法。待到雨过天青，已另是一个世界。地上只有衰草，只有落叶，只有曾经风雨的凋零的躯壳与心灵。霎时前的浓郁的春光，已成隔世！那时你反要自诧！你曾有何福德，能享受了从前种种怡然畅然，无识无忧的生活！

我再不要领略人生，也更不要领略如十九年一月一日之后的人生！那种心灵上惨痛，脸上含笑的生活，曾碾我成微尘，绞我为液汁。假如我能为力，当自此斩情绝爱，以求免重过这种的生活，重受这种的苦恼！但这又有谁知道！

一月三日，是父亲的正寿日。早上便由我自到市上，买了些零吃的东西，如果品，点心，熏鱼，烧鸭之类。因为我们知道今晚的筵席，只为的是母亲一人。吃起整桌的菜来，是要使她劳乏的。到了晚上，我们将红灯一齐点起；在她床前，摆下一个小圆桌，桌上满满的分布着小碟小盘；一家子团团的坐下。把父亲推坐在母亲的旁边，笑说："新郎来了。"父亲笑着，母亲也笑了！她只尝了一点菜，便摇头叫"撤去罢，你们到前屋去痛快的吃，让我歇一歇"。我们便把父亲留下，自己到前头匆匆的胡乱的用了饭。到我回来，看见父亲倚在枕边，母亲蒙蒙眬眬的似乎睡着了。父亲眼里满了泪！我知道他觉得四十年的春光，不堪回首了！

如此过了两夜。母亲的痛苦，又无限量的增加了。肺部狂热，无论多冷，被总是褪在胸下；炉火的火焰，也隔绝不使照在脸上（这总使我想到《小青传》中之"痰灼肺然，见粒而呕"两语）。每一转动，都喘息得接不过气来。大家的恐怖心理，也无限量的紧张了。我只记得我日夜口里只诵祝着一句祈祷的话，是："上帝接引这纯洁的灵魂！"这时我反不愿看母亲多延日月了，只求她能恬静平安的解脱了去！到了夜半，我仍半跪半坐的伏在她床前，她看着我喘息着说："辛苦你了……等我的事情过去了，你好好的睡几夜，便回到北平去，那时什么事都完了。"母亲把这件大事说得如此平凡，如此稳静！我每次回想，只有这几句话最动我心！那时候我也不敢答应，喉头已被哽咽塞住了！

张妈在旁边，抚慰着我。母亲似乎又入睡了。张妈坐在小凳上，悄声的和我谈话，她说："太太永远是这样疼人的！秋天养病的时候，夜里总是看通宵的书，叫我只管睡去。半夜起来，也不肯叫我。我说：'您可别这样自己挣扎，回头摔着不是玩的。'她也不听。她到天亮才能睡着。到了少奶奶抱着菊姑娘过来，才又醒起。"

谈到母亲看的书，真是比我们家里什么人看的都多。从小说，弹词，到杂志，报纸，新的，旧的，创作的，译述的，她都爱看。平常好的时候，天天夜里，不是做活计，就是看书。总到十一二点才睡。晨兴绝早，梳洗完毕，刀尺和书，又上手了。她的针线匣里，总是有书的。她看完又喜欢和我们谈论，新颖的见解，总使我们惊奇。有许多新名词，我们还是先从她口中听到的，如"普罗文学"之类。我常默然自惭，觉得我们在新思想上反像个遗少，做了落伍者！

一月五夜，父亲在母亲床前。我困倦已极，侧卧在父亲床上打盹，被母亲呻吟声惊醒，似乎母亲和父亲大声争执。我赶紧起来，只听见母亲说："你行行好罢，把安眠药递给我，我实在不愿意再俄延了！"那时母亲辗转呻吟，面红气喘。我知道她的痛苦，已达极点！她早就告诉过我，当她骨痛的时候，曾私自写下安眠药名，藏在袋里，想到了痛苦至极的时候，悄悄的叫人买了，全行服下，以求解脱——这时我急忙走到她面前，万般的劝说哀求。她摇头不理我，只看着父亲。父亲呆站了一会，回身取了药瓶来，倒了两丸，放在她嘴里。她连连使劲摇头，喘息着说："你也真是……又不是今后就见不着了！"这句话如同兴奋剂似的，父亲眉头一皱，那惨肃的神宇，使我起栗。他猛然转身，又放了几粒药丸在她嘴里。我神魂俱失，飞也似的过去攀住父亲的臂儿，已来不及了！母亲已经吞下药，闭上口，垂目低头，仿佛要睡。父亲颓然坐下，头枕在她肩旁，泪下如雨。我跪在床边，欲呼无声，只紧紧的牵着父亲的手，凝望着母亲的睡脸。四周惨默，只有时钟滴答的声音。那时是夜中三点，我和父亲战栗着相倚至晨四时。母亲睡容惨淡，呼吸渐渐急促，不时的干咳，仍似日间那种咳不出来的光景，两臂向空抱捉。我急忙悄悄的去唤醒华和涵，他们一齐惊起，睡眼蒙眬的走到床前，看见这景象，都急得哭了。华便立刻要去请大夫，要解药，父亲含泪摇头。涵过去抱着母亲，替她抚着胸口。我和华各抱着她一只手，不住的在她耳边轻轻的唤着。母亲如同失了知觉似的，垂头不答。在这种状态之下，延至早晨九时。直到小菊醒了，我们抱她过来坐到母亲床上，教她抱着母亲的头，摇撼着频频的唤着"奶奶"。她唤了有几十声，在她将要急哭了的时候，母亲的眼皮，微微一动，我们都跃然惊喜，围拢了来，将母亲轻轻的扶起。母亲仍是蒙蒙眬眬，两只眼皮不时的动着。在这种状态之下，又延至下午四时。这一天的工夫，我们也没有梳洗，也不饮食，只围在床前，悬空挂着恐怖希望的心！这一天比十年还要长，一家里连雀鸟都住了声息！

四时以后母亲才半睁开眼，长呻了一声，说："我要死了！"她如同从浓睡中醒来一般，抬眼四下里望着。对于她服安眠药一事，似乎全不知道。我上前抱着母亲，说："母亲睡得好罢？"母亲点点头，说："饿了！"大家赶紧将久炖在炉上的鸡露端来，一匙一匙的送在她嘴里。她喝完了又闭上眼休息着。我们才欢喜的放下心来，那时才觉得饥饿，便轮流去吃饭。

那夜我倚在母亲枕边，同母亲谈了一夜的话。这便是三十年来末一次的谈话了！我说的话多，母亲大半是听着。那时母亲已经记起了服药的事，我款款的说："以后无论怎样，不能再起这个服药的念头了！母亲那种咳不出来，两手抓空的光景，别人看着，难过不忍得肝肠都断了。涵弟直哭着说：'可怜母亲不知是要谁？有多少话说不出来！'连小菊也都急哭了。母亲看……"母亲听着，半晌说："我自己一点不觉得痛苦，只如同睡了一场大觉。"

那夜，轻柔得像湖水，隐约得像烟雾。红灯放着温暖的光。父亲倦乏之余，睡得十分甜美。母亲精神似乎又好，又是微笑的圣母般的瘦白的脸。如同母亲死去复生一般，喜乐充满了我的四肢。我说了无数的憨痴的话：我说着我们欢乐的过去，完全的现在，繁衍的将来，在母亲迷糊的想象之中，我建起了七宝庄严之楼阁。母亲喜悦的听着，不时的参加两句。……到此我要时光倒流，我要诅咒一切，一逝不返的天色已渐渐的大明了！

一月七晨，母亲的痛苦已到了终极了！她厉声的拒绝一切饮食。我们从来不曾看见过母亲这样的声色，觉得又害怕，又胆怯，只好慢慢轻轻的劝说。她总是闭目摇头不理，只说："放我去罢，叫我多捱这几天痛苦做什么！"父亲惊醒了，起来劝说也无效。大家只能围站在床前，看着她苦痛的颜色，听着她悲惨的呻吟！到了下午，她神志渐渐昏迷，呻吟的声音也渐渐微弱。医生来看过，打了一次安眠止痛的针。又拨开她的眼睑，用手电灯照了照，她的眼光已似乎散了！

这时我如同痴了似的，一下午只两手抱头，坐在炉前，不言不动，也不到母亲跟前去。只涵和华两个互相依傍的，战栗的，在床边坐着。涵不住的剥着桔子，放在母亲嘴里，母亲闭着眼都吸咽了下去。到了夜九时，母亲脸色更惨白了。头摇了几摇，呼吸渐渐急促。涵连忙唤着父亲。父亲跪在床前，抱着母亲在腕上。这时我才从炉旁慢慢的回过头来，泪眼模糊里，看见母亲鼻子两边的肌肉，重重的抽缩了几下，便不动了。我突然站起过去，抱住母亲的脸，觉得她鼻尖已经冰凉。涵俯身将他的银表，轻轻的放在母亲鼻上，战兢的拿起一看，表壳上已没有了水汽。母亲呼吸已经停止了。他突然回身，两臂抱着头大哭起来。那时正是一月七夜九时四十五分。我们从此是无母之人了，呜呼痛哉！

关于这以后的事，我在一月十一晨寄给藻和杰的信中，说的很详细，照录如下：

亲爱的杰和藻：

我在再四思维之后，才来和你们报告这极不幸极悲痛的消息。就是我们亲爱的母亲，已于正月七夜与这苦恼的世界长辞了！她并没有多大的痛苦，只如同一架极玲珑的机器，走的日子多了，渐渐停止。她死去时是那样的柔和，那样的安静。那快乐的笑容，使我们竟不敢大声的哭泣，仿佛恐怕惊醒她一般。那时候是夜中九时四十五分。那日是阴历腊八，也正是我们的外祖母，她自己亲爱的母亲，四十六年前离世之日！

至于身后的事呢，是你们所想不到的那样庄严，清贵，简单。当母亲病重的时候，我们已和上海万国殡仪馆接洽清楚，在那里预备了一具美国的钢棺。外面是银色凸花的，内层有整块的玻璃盖子，白绫捏花的里子。至于衣衾鞋帽一切，都是我去备办的，件数不多，却和生人一般的齐整讲究。……

经过是这样：在母亲辞世的第二天早晨，万国殡仪馆便来一辆汽车，如同接送病人的卧车一般，将遗体运到馆中。我们一家子也跟了去。当我们在休息室中等候的时候，他们在楼下用药水灌洗母亲的身体。下午二时已收拾清楚，安放在一间紫色的屋子里，用花圈绕上，旁边点上一对白烛。我们进去时，肃然的连眼泪都没有了！堂中庄严，如入寺殿。母亲安稳的仰卧在矮长榻之上，深棕色的锦被之下，脸上似乎由他们略用些美容术，觉得比寻常还好看。我们俯下去偎着母亲的脸，只觉冷彻心腑，如同石膏制成的慈像一般！我们开了门，亲友们上前行礼之后，便轻轻将母亲举起，又安稳装入棺内，放在白绫簇花的枕头上，齐肩罩上一床红缎绣花的被，盖上玻璃盖子。棺前仍旧点着一对高高的白烛。紫绒的桌罩下立着一个银十字架。母亲慈爱纯洁的灵魂，长久依傍在上帝的旁边了！

五点多钟诸事已毕。计自逝世至入殓，才用十七点钟。一切都静默，都庄严，正合母亲的身份。客人散尽，我们回家来，家里已洒扫清楚。我们穿上灰衫，系上白带，为母亲守孝。家里也没有灵位。只等母亲放大的相片送来后，便供上鲜花和母亲爱吃的果子，有时也焚上香。

此外每天早晨合家都到殡仪馆，围立在馆外，隔着玻璃盖子，瞻仰母亲如睡的慈颜！

这次办的事，大家亲友都赞我，都艳羡，以为是没有半分糜费。我们想母亲在天之灵一定会喜欢的。异地各戚友都已用电报通知。楫弟那里，因为他远在海外，环境不知怎样，万一他若悲伤过度，无人劝解，可以暂缓告诉。至于杰弟，因为你病，大考又在即，我们想来想去，终以为恐怕这消息是终久瞒不住的，倘然等你回家以后，再突然告诉，恐怕那时突然的悲痛和失望，更是难堪。杰弟又是极懂事极明白的人。你是母亲一块肉，爱惜自己，就是爱母亲。在考试的时候，要镇定，就凡事就序，把书考完再回来，你别忘了你仍旧是能看见母亲的！

我们因为等你，定二月二日开吊，三日出殡。那万国公墓是在虹桥路。草树葱茏，地方清旷，同公园一般。上海又是中途，无论我们下南上北，或是到国外去，都是必经之路，可以随时参拜，比回老家去好多了。

藻呢，父亲和我都十二分希望你还能来。母亲病时曾说："我的女婿，不知我还能见着他否？"你如能来，还可以见一见母亲。父亲又爱你，在悲痛中有你在，是个慰安。不过我顾念到你的经济问题，一切由你自己斟酌。

这事的始末是如此了。涵仍在家里，等出殡后再上南京。我们大概是都上北平去，为的是父亲离我们近些，可以照应。杰弟要办的事很多，千万要爱惜精神，遏抑感情，储蓄力量。这方是孝。你看我写这信时何等安静，稳定？杰弟是极有主见的人，也当如此，是不是？

此信请留下，将来寄楫！

永远爱你们的冰心　正月十一晨

我这封信虽然写的很镇定，而实际上感情的掀动，并不是如此！一月七夜九时四十五分以后，在茫然昏然之中，涵、华和我都很早就寝，似乎积劳成倦，睡得都很熟。只有父亲和几个表兄弟在守着母亲的遗体。第二天早起，大家乱哄哄的从三层楼上，取下预备好了的白衫，穿罢相顾，不禁失声！下得楼来，又看见饭厅桌上，摆着厨师父从早市带来的一筐蜜桔——是我们昨天黄昏，在厨师父回家时，吩咐他买回给母亲吃的。才有多少时候？蜜桔买来，母亲已经去了！

小菊穿着白衣，系着白带，白鞋白袜，戴着小蓝呢白边帽子，有说不出的飘逸和可爱。在殡仪馆大家没有工夫顾到她，她自在母亲榻旁，摘着花圈上的花朵玩耍。等到黄昏事毕回来，上了楼，尽了梯级。正在大家彷徨无主，不知往哪里走，不知说什么好的时候，她忽然大哭说："找奶奶，找奶奶。奶奶哪里去了？怎么不回来了！"抱着她的张妈，忍不住先哭了，我们都不由自主的号啕大哭起来。

吃过晚饭，父亲很早就睡下了。涵、华和我在父亲床前炉边，默然的对坐。只见炉台上时钟的长针，在凄清的滴答声中，徐徐移动。在这针徐徐的将指到九点四十分的时候，涵突然站起，将钟摆停了，说："姊姊，我们睡罢！"他头也不回，便走了出去。华和我望着他的背影，又不禁滚下泪来。九时四十五分！又岂只是他一个人，不忍再看见这炉台上的钟，再走到九时四十五分！

天未明我就忽然醒了，听见父亲在床上转侧。从前窗下母亲的床位，今天从那里透进微明来，那个床没有了，这屋里是无边的空虚，空虚，千愁万绪，都从晓枕上提起。思前想后，似乎世界上一切都临到尽头了！

在那几天内，除了几封报丧的信之外，关于母亲，我并没有写下半个字。虽然有人劝我写哀启，我以为不但是"语无伦次"之中，不能写出什么来，而且"先慈体素弱"一类的文字，又岂能表现母亲的人格于万一？母亲的聪明正直，慈爱温柔，从她做孙女儿起，至做祖母止，在她四围的人对她的疼怜，眷恋，爱戴，这些情感，在我知识内外的，在人人心中都是篇篇不同的文字了。受过母亲调理，栽培的兄姊弟侄，个个都能写出一篇最真挚最沉痛的哀启。我又何必来敷衍一段，使他们看了觉得不完全不满意的东西？

虽然没有写哀启，我却在父亲下泪搁笔之后，替他凑成一副挽联。我觉得那却是字字真诚，能表现那时一家的情感！联语是：

教养全赖卿贤，五个月病榻呻吟，最可怜娇儿爱婿，死别生离，几辈伤心失慈母；

晚近方知我老，四十载春光顿歇，那忍看稚孙弱媳，承欢强笑，举家和泪过新年。

在那几天内，除了每天清晨，一家子从寓所走到殡仪馆参谒母亲的遗容之外，我们都不出门。从殡仪馆归来，照例是阴天。进了屋子，刚擦过的地板，刚旺上来的炉火——脱了外面的衣服，在炉边一坐，大家都觉得此心茫茫然无处安放！我那几天的日课，是早晨看书，做活计。下午多有戚友来看，谈些时事，一天也就过去。到了夜里，不是呆坐，就是写信。夜中的心情，现在追忆已模糊了，为写这篇文章，检出旧信，觉得还可以寻迹：

藻：

真想不到现在才能给你写这封长信。藻，我从此是没有娘的孩子了！这十几天的辛苦，失眠，落到这么一个结果。我的悲痛，我的伤心，岂是千言万语所说得尽？前日打起精神，给你和杰弟写那一封慰函，也算是肝肠寸断。……这两天家中倒是很安静，可是更显出无边的空虚，孤寂。我在父亲屋中，和他作伴。白天也不敢睡，怕

他因寂寞而伤心，其实我躺下也睡不着。中夜惊醒，尤为
难过，……

——摘录一月十三信

　　母亲死后的光阴真非人过的？就拿今晚来说，父亲出
门访友去了；涵和华在他们屋里；我自己孤零零的坐在母
亲屋内。四围只有悲哀，只有寂寞，只有凄凉。连炉炭爆
发的声音，都予我以辛酸的联忆。这种一人独在的时光，
我已过了好几次了，我真怕，彻骨的怕，怎么好？

　　因着母亲之死，我始惊觉于人生之极短。生前如不把
温柔尝尽，死后就无从追讨了。我对于生命的前途，并没
有一点别的愿望，只愿我能在一切的爱中陶醉，沉没，这
情爱之杯，我要满满的斟，满满的饮。人生何等的短促，
何等的无定，何等的虚空呵！

　　千言万语仍回到一句话来，人生本质是痛苦，痛苦之
源，乃是爱情过重。但是我们仍不能不饮鸩止渴，仍从生
痛苦之爱情中求慰安。何等的痴愚呵，何等的矛盾呵！

　　写信的地方，正是母亲生前安床之处。我愈写愈难过
了，愈写愈糊涂了。若再写下去，我连气息也要窒住了！

——摘录一月十八夜信

一月二十六夜，因为杰弟明天到家，我时时惊跃，终夜不

寐，想到这可怜的孩子，在风雪中归来，这一路哀思痛哭的光景，使我在想象中，心胆俱碎！二十七日下午，报告船到。涵驱车往接，我们提心吊胆的坐候着，将近黄昏，听得门外车响，大家都突然失色。华一转身便走回她屋里。接着楼梯也响着。涵先上来，一低头连忙走入他屋里去了。后面是杰，笑容满面，脱下帽子在手里，奔了进来。一声叫"妈"，我迎着他，忍不住哭了起来。他突然站住呆住了！那时惊痛骇疾的惨状，我这时追思，一枝秃笔，真不能描写于万一！雷擎电掣一般，他垂下头便倒在地上，双手抱住父亲的腿，猛咽得闭过气去。缓了一缓，他才哭喊了出来，说："你们为什么不早告诉我。你们为什么不早告诉我！"这时一片哭声之中涵和华也从他们屋里哭着过来。父亲拉着杰，泪流满面。婢仆们渐渐进来，慢慢的劝住，大家停了泪。杰立刻便要到殡仪馆去，看看母亲的遗容。父亲和涵便带了他去。回来问起母亲病中情状，又重新哭泣。在这几天内，杰从满怀的希望与快乐中，骤然下堕。他失魂落魄似的，一天哭好几次。我们只有勉强劝慰。幸而他有主见，在昏迷之中，还能支拄，我才放下了心。

二月二日开吊。礼毕，涵因有紧急的公事，当晚就回到南京去了。母亲曾说命里只有两个孩子送她，如今送葬又只剩我和杰了。在涵未走之前，我们大家聚议，说下葬之后，我们再看不见母亲了，应该有些东西殉葬，只当是我们自己永远随侍一般。我们随各剪下一缕头发，连父亲和小菊的，都装在一个小白信封里。此外我自己还放入我头一次剃下来的胎发（是母亲珍重的用红线束起收存起来的）以及一把"斐托斐"（Phi Tau Phi）名誉学位的金钥匙。这钥匙是我在大学毕业时得到的，上面刻有年月和姓名。我平时不大带它，而在我得到之时，却曾与母亲以很大的喜悦。这是我觉得我的一切珍饰，都是母亲所赐与，只有这个，是我自己以母亲栽培我的学力得来的。我愿意以此寄托我的坚逾金石的爱感的心，在我未死之前，先随侍母亲于九泉之下！

二月三日，下午二时，我们一家收拾了都到殡仪馆。送葬的亲朋，也陆续的来了。我将昨夜封好了的白信封儿，用别针别在棺盖里子的白绫花上。父亲俯在玻璃盖上，又痛痛的哭了一场。我们扶起父亲，拭去了盖上的眼泪，珍重的将棺盖掩上。自此我们再无从瞻仰母亲的柔静慈爱的睡容了！

父亲和杰及几个伯叔弟兄，轻轻的将钢棺抬起，出到门外，轻轻的推进一辆堆满花圈的汽车里。我们自己以及诸亲友，随后也都上了汽车，从殡仪馆徐徐开行。路上天阴欲雨，我紧握着父亲的手，心头一痛，吐出一口血来。父亲惨然的望着我。

二时半到了虹桥万国公墓，我们又都跟着下车，仍由父亲和杰等抬着钢棺。执事的人，穿着黑色大礼服，静默前导。到了坟地上，远远已望见地面铺着青草似的绿毡。中央坟穴里嵌放着一个大水泥框子。穴上地面放着一个光耀射目的银框架。

架的左右两端，横牵着两条白带。钢棺便轻轻的安稳的放在白带之上。父亲低下头去，左右的看周正了。执事的人，便肃然的问我说："可以了罢？"我点一点首，他便俯下去，拨开银框上白带机柄。白带慢慢的松了，盛着母亲遗体的钢棺，便平稳的无声的徐徐下降。这时大家惨默的凝望着，似乎都住了呼吸。在钢棺降下地面时，万千静默之中，小菊忽然大哭起来，挣出张妈的怀抱，向前走着说："奶奶掉下去了！我要下去看看，我要下去看看！"华一手拉住小菊，一手用手绢掩上脸。这时大家又都支持不住，忽然都背过脸去，起了无声的幽咽！

钢棺安稳平正的落在水泥框里，又慢慢的抽出白带来。几个人夫，抬过水泥盖子来，平正的盖上。在四周合缝里和盖上铁环的凹处，都抹上灰泥。水泥框从此封锁。从此我们连盛着母亲遗体的钢棺也看不见了！

堆掩上黄土，又密密的绕覆上花圈。大家向着这一抔香云似的土丘行过礼。这简单严静的葬礼，便算完毕了。我们谢过亲朋，陆续的向着园门走。这时林青天黑，松梢上已洒上丝丝的春雨。走近园门，我回头一望。蜿蜒的灰色道上，阴沉的天气之中，松荫苍苍，杰独自落后，低头一步一跛的拖着自己似的慢慢的走。身上是灰色的孝服，眉宇间充满了绝望，无告，与迷茫！我心头刺了一刀似的！我止了步，站着等着他。可怜的孩子呵！我们竟到了今日之一日！

回家以后，呵，回家以后！家里到处都是黑暗，都是空虚了。我在二月五夜寄给藻的信上说：

> 我从前有一个心，是个充满幸福的心。现在此心是跟着我最宝爱的母亲葬在九泉之下了。前天两点半钟的时候，母亲的钢棺，在光彩四射的银架间，由白带上徐徐降下的时光，我的心，完全黑暗了。这心永远无处捉摸了，永远不能复活了！……
>
> 不说了，爱，请你预备着迎接我，温慰我。我要飞回你那边来。只有你，现在还是我的幻梦！

以后的几个月中，涵调到广州去，杰和我回校，父亲也搬到北平来。只有海外的楫，在归舟上，还做着"偎依慈怀的温甜之梦"。

九月七日晨，阴。我正发着寒热，楫归来了。轻轻推开屋门，站在我的床前。我们握着手含泪的勉强的笑着。他身材也高了，手臂也粗了，胸脯也挺起了，面目也黧黑了。海上的辛苦与风波，将我的娇生惯养的小弟弟，磨炼成一个忍辱耐劳的青年水手了！我是又欢喜，又伤心。他只四面的看着，说了几句不相干的话，才款款的坐在我床沿，说："大哥并没有告诉我。船过香港，大哥上来看我，又带我上岸去吃饭，万分恳挚爱怜的慰勉我几句话。送我走时，他交给我一封信，叫我给二哥。我珍重的收起。船过上海，亲友来接，也没人告诉我。

船过芝罘，停了几个钟头，我倚阑远眺。那是母亲生我之地！我忽然觉得悲哀迷惘，万不自支，我心血狂涌，颠顿的走下舱去。我素来不拆阅弟兄们的信，那时如有所使，我打开箱子，开视了大哥的信函。里面赫然的是一条系臂的黑纱，此外是空无所有了！……"他哽咽了，俯下来，埋头在我的衾上，"我明白了一大半，只觉得手足冰冷！到了天津，二哥来接我，我们昨夜在旅馆里，整整的相抱的哭了一夜！"他哭了，"你们为什么不早告诉我？我一道上做着万里来归，偎倚慈怀的温甜的梦，到得家来，一切，都空了！忍心呵，你们！"我那时也只有哭的份儿。是呵，我们都是最弱的人，父亲不敢告诉我；藻不敢告诉杰；涵不敢告诉楫；我们只能战栗着等待这最后的一天！忍心的天，你为什么不早告诉我们，生生的突然的将我们慈爱的母亲夺去了！

完了，过去这一生中这一段慈爱，一段恩情，从此告了结束。从此宇宙中有补不尽的缺憾，心灵上有填不满的空虚。只有自家料理着回肠，思想又思想，解慰又解慰。我受尽了爱怜，如今正是自己爱怜他人的时候。我当永远勉励着以母亲之心为心。我有父亲和三个弟弟，以及许多的亲眷。我将永远拥抱爱护着他们。我将永远记着楫二次去国给杰的几句话："母亲是死去了，幸而还有爱我们的姊姊，紧紧的将我们搂在一起。"

窗外是苦雨，窗内是孤灯。写至此觉得四顾彷徨，一片无告的心，没处安放！藻迎面坐着，也在写他的文字。温静沉着者，求你在我们悠悠的生命道上，扶助我，提醒我，使我能成为一个像母亲那样的人！

1931年6月30日夜，燕南园，海淀，北平。

我的童年

提到童年，总使人有些向往，不论童年生活是快乐，是悲哀，人们总觉得都是生命中最深刻的一段；有许多印象，许多习惯，深固的刻画在他的人格及气质上，而影响他的一生。

我的童年生活，在许多零碎的文字里，不自觉的已经描写了许多，当曼瑰对我提出这个题目的时候，我还觉得有兴味，而欣然执笔。

中年的人，不愿意再说些情感的话，虽然在回忆中充满了含泪的微笑，我只约略的画出我童年的环境和训练，以及遗留在我的嗜好或习惯上的一切，也许有些父母们愿意用来作参考。

先说到我的遗传：我的父亲是个海军将领，身体很好，我从不记得他在病榻上躺着过。我的祖父身体也很好，八十六岁无疾而终。我的母亲却很瘦弱，常常头痛，吐血——这吐血的症候，我也得到，不是肺结核，而是肺气枝涨大，过劳或操心，都会发作——因此我童年时代记忆所及的母亲，是个极温柔，极安静的女人，不是作活计，就是看书，她的生活是非常恬淡的。

虽然母亲说过，我在会吐奶的时候，就吐过血，而在我的童年时代，并不曾发作过，我也不记得我那时生过什么大病，身体也好，精神也活泼，于是那七八年山陬海隅的生活，我多半是父亲的孩子，而少半是母亲的女儿！

在我以先，母亲生过两个哥哥，都是一生下就夭折了，我的底下，还死去一个妹妹。我的大弟弟，比我小六岁。在大弟弟未生之前，我在家里是个独子。

环境把童年的我，造成一个"野孩子"，丝毫没有少女的气息。我们的家，总是住近海军兵营，或海军学校。四围没有和我同年龄的女伴，我没有玩过"娃娃"，没有学过针线，没有搽过脂粉，没有穿过鲜艳的衣服，没有戴过花。

反过来说，因着母亲的病弱，和家里的冷静，使得我整天跟在父亲的身边，参加了他的种种工作与活动，得到了连一般男子都得不到的经验。为一切方便起见，我总是男装，常着军服。父母叫我"阿哥"，弟弟们称呼我"哥哥"，弄得后来我自己也忘其所以了。

父亲办公的时候，也常常有人带我出去，我的游踪所及，是旗台，炮台，海军码头，火药库，龙王庙。我的谈伴是修理枪炮的工人，看守火药库的残废兵士，水手，军官，他们多半是山东人，和蔼而质朴，他们告诉我以许多海上新奇悲壮的故事。有时也遇见农夫和渔人，谈些山中海上的家常。那时除了我的母亲和父亲同事的太太们外，几乎轻易见不到一个女性。

四岁以后，开始认字。六七岁就和我的堂兄表兄们同在家里读书。他们比我大了四五岁，仍旧是玩不到一处，我常常一个人走到山上海边去。那是极其熟识的环境，一草一石，一沙一沫，我都有无限的亲切。我常常独步在沙岸上，看潮来的时候，仿佛天地都飘浮了起来！潮退的时候，仿佛海岸和我都被吸卷了去！童稚的心，对着这亲切的"伟大"，常常感到怔忡。黄昏时，休息的军号吹起，四山回响，声音凄壮而悠长，那熟识的调子，也使我莫名其妙的要下泪，我不觉得自己的"闷"，只觉得自己的"小"。

　　因着没有游伴，我很小就学习看书，得了个"好读书，不求甚解"的习惯。我的老师很爱我，常常教我背些诗句，我似懂似不懂的有时很能欣赏。比如那"前不见古人，后不见来者，念天地之悠悠，独怆然而涕下"。我独立山头的时候，就常常默诵它。

　　离我们最近的城市，就是烟台，父亲有时带我下去，赴宴会，逛天后宫，或是听戏。父亲并不喜听戏，只因那时我正看《三国》，父亲就到戏园里点戏给我听，如《草船借箭》《群英会》《华容道》等。看见书上的人物，走上舞台，虽然不懂得戏词，我也觉得很高兴。所以我至今还不讨厌京戏，而且我喜听须生，花脸，黑头的戏。

　　再大一点，学会了些精致的淘气，我的玩具已从铲子和沙桶，进步到蟋蟀罐同风筝，我收集美丽的小石子，在瓷缸里养着，我学作诗，写章回小说，但都不能终篇，因为我的兴趣，仍在户外，低头伏案的时候很少。

父亲喜欢种花养狗，公余之暇，这是他唯一的消遣。因此我从小不怕动物，对于花木，更有普遍的爱好。母亲不喜欢。却也爱花，夏夜我们常常在豆棚花架下，饮啤酒，汽水，乘凉。母亲很早就进去休息，父亲便带我到旗台上去看星，他指点给我各个星座的名称和位置。他常常说："你看星星不是很多很小，而且离我们很远么？但是我们海上的人一时都离不了它。在海上迷路的时候看见星星就如同看见家人一样。"因此我至今爱星甚于爱月。

父亲又常常带我去参观军舰，指点给我军舰上的一切，我只觉得处处都是整齐，清洁，光亮，雪白；心里总有说不出的赞叹同羡慕。我也常得亲近父亲的许多好友，如萨镇冰先生，黄赞侯先生——民国第一任海军部长黄钟瑛上将——他们都是极严肃，同时又极慈蔼，生活是那样纪律，那样恬淡，他们也作诗，同父亲常常唱和，他们这一班人是当时文人所称为的"裘带歌壶，翩翩儒将"。我当时的理想，是想学父亲，学父亲的这些好友，并不曾想到我的"性"阻止了我作他们的追随者。

这种生活一直连续到了十一岁，此后我们回到故乡——福州——去，生活起了很大的转变。我也不能不感谢这个转变！十岁以前的训练，若再继续下去，我就很容易变成一个男性的女人，心理也许就不会健全。因着这个转变，我才渐渐的从父亲身边走到母亲的怀里，而开始我的少女时期了。

童年的印象和事实，遗留在我的性格上的，第一是我对于人生态度的严肃，我喜欢整齐，纪律，清洁的生活，我怕看怕听放诞，散漫，松懈的一切。

第二是我喜欢空阔高远的环境，我不怕寂寞，不怕静独，我愿意常将自己消失在空旷辽阔之中。因此一到了野外，就如同回到了故乡，我不喜城居，怕应酬，我没有城市的嗜好。

第三是我不喜欢穿鲜艳颜色的衣服，我喜欢的是黑色，蓝色，灰色，白色。有时母亲也勉强我穿过一两次稍为鲜艳的衣服，我总觉得很扭怩，很不自然，穿上立刻就要脱去，关于这一点，我觉得完全是习惯的关系，其实在美好的品味之下，少女爱好天然，是应该"打扮"的！

第四是我喜欢爽快，坦白，自然的交往。我很难勉强我自己做些不愿意做的事，见些不愿意见的人，吃些不愿意吃的饭！母亲常说这是"任性"之一种，不能成为"伟大"的人格。

第五是我一生对于军人普遍的尊敬，军人在我心中是高尚，勇敢，纪律的结晶。关系军队的一切，我也都感到兴趣。

说到童年，我常常感谢我的好父母，他们养成我一种恬淡，"返乎自然"的习惯，他们给我一个快乐清洁的环境，因此，在任何环境里都能自足，知足。我尊敬生命，宝爱生命，我对于人类没有怨恨，我觉得许多缺憾是可以改进的，只要人们有决心，肯努力。

这不是一件容易事，因为生命是一张白纸，他的本质无所谓痛苦，也无所谓快乐。我们的人生观，都是环境形成的。相信人生是向上的人，自己有了勇气，别人也因而快乐。

我不但常常感念我的父母，我也常常警惕我们应当怎样做父母。

　　　　　　　　　　　　　　1942年3月27日，歌乐山。

这篇文章是我四十年前在重庆写的。那时我的学生李曼瑰正在编一种妇女刊物，她给我出了这个题目。因为当时常有人要我"做些不愿意做的事，说些不愿意说的话，见些不愿意见的人"，而我却很难勉强我自己那样做，我就借这机会发挥了我的意见。写过以后我就把这篇《我的童年》忘得干干净净！这次卓如同志替《新文学史料丛书》编我的《记事珠》，又从重庆的刊物上抄了出来，我读了如见故人。因为这篇短文里的末一句有："我不但常常感念我的父母，我也常常警惕我们应当怎样做父母。"当《父母必读》的编辑向我索稿的时候，我只好拿这篇旧作来塞责。不知对四十年后的父母，有没有参考的价值？

　　　　　　　　　　　　　　　　　1982年8月24日

肥皂泡

小的时候，游戏的种类很多，其中我最爱玩的是吹肥皂泡。

下雨的时节，不能到山上海边去玩，母亲总教给我们在廊子上吹肥皂泡。她说是阴雨时节天气潮湿，肥皂泡不容易破裂。

法子是将用剩的碎肥皂，放在一只小木碗里，加上点水，和弄和弄，使它融化，然后用一支竹笔套管，沾上那黏稠的肥皂水，慢慢的吹起，吹成一个轻圆的网球大小的泡儿，再轻轻的一提，那轻圆的球儿，便从管上落了下来，软悠悠的在空中飘游。若用扇子在下面轻轻的扇送，有时能飞到很高很高。

这肥皂泡，吹起来很美丽，五色的浮光，在那轻清透明的球面上乱转。若是扇得好，一个大球，会分裂成两三个玲珑娇软的小球，四散分飞。有时吹得太大了，扇得太急了，这脆薄的球，会扯成长圆的形式，颤巍巍的，光影零乱，这时大家都悬着心，仰着头，停着呼吸，——不久这光丽的薄球，就无声的散裂了，肥皂水落了下来，洒到眼睛里，使大家都忽然低了头，揉出了眼泪。

静夜里为何想到了胰皂泡？——因为我觉得这一个个轻清脆丽的球儿，像一串美丽的昼梦！

像昼梦，是我们自己小心的轻轻吹起的，吹了起来，又轻轻的飞起，是那么圆满，那么自由，那么透明，那么美丽。目送着她，心里充满了快乐，骄傲，与希望，想到借扇子的轻风，把她一个个送上天去送过海去。到天上，轻轻的挨着明月，渡过天河跟着夕阳西去。或者轻悠悠的飘过大海，飞越山巅，又低低的落下，落到一个美人的玉搔头边，落到一个浓睡中的婴儿的雏发上……

自然的，也像昼梦，一个一个的吹起，飞高，又一个一个的破裂，廊子是我们现实的世界，这些要她上天过海的光球，永远没有出过我们仄长的廊子！廊外是雨丝风片，这些使我快乐，骄傲，希望的光球，都一个个的在雨丝风片中消灭了。

生来是个痴孩子，我从小就喜欢做昼梦，做惯了梦，常常从梦中得慰安，生希望，越做越觉得有道理，简直不知道自己是在做梦，最后简直把昼梦当做最高的理想，受过许多朋友的劝告讥嘲。而在我的精神上的胰皂泡没有破灭，胰皂水没有洒到我的心眼里使我落泪之先，我常常顽强的拒绝了朋友的劝告，漠视了朋友的讥嘲。

自小起做的昼梦，往少里说，也有十来个，这十几年来，渐渐的都快消灭完了。有几个大的光球，破灭时候，都会重重的伤了我的心，破坏了我精神上的均衡，更不知牺牲了我多少的眼泪。

到现在仍有一两个光球存在着，软悠悠的挨着廊边飞。不过我似乎已超过了那悬心仰头的止境，只用镇静的冷眼，看她慢慢的往风雨中的消灭里走！

只因常做梦，我所了解的人，都是梦中人物，所知道的事，都是梦中的事情。梦儿破灭了当然有些悲哀，悲哀之余，又觉得这悲哀是冤枉的。若能早想起儿时吹胰皂泡的情景与事实，又能早觉悟到这美丽脆弱的光球，是和我的昼梦一样的容易破灭，则我早就是个达观而快乐的人！虽然这种快乐不是我所想望的！

今天从窗户里看见孩子们奔走游戏，忽然想起这一件事，夜静无事姑记之于此，以志吾过，且警后人。

1936年3月22日，北平。

笑

雨声渐渐的住了，窗帘后隐隐的透进清光来。推开窗户一看，呀！凉云散了，树叶上的残滴映着月儿，好似莹光千点，闪闪烁烁的动着。真没想到苦雨孤灯之后，会有这么一幅清美的图画！

凭窗站了一会儿，微微的觉得凉意侵入。转过身来，忽然眼花缭乱，屋子里的别的东西都隐在光云里，一片幽辉只浸着墙上画中的安琪儿，这白衣的安琪儿，抱着花儿，扬着翅儿，向着我微微的笑。

"这笑容仿佛在哪儿看见过似的，什么时候我曾……！"我不知不觉的便坐在窗台下想，默默的想。

严闭的心幕慢慢的拉开了，涌出五年前的一个印象。——一条很长的古道，驴脚下的泥兀自滑滑的，田沟里的水潺潺的流着。近村的绿树都笼在湿烟里，弓儿似的新月挂在树梢。一边走着，似乎道旁有一个孩子，抱着一堆灿白的东西。驴儿过去了，无意中回头一看，他抱着花儿，赤着脚儿，向着我微微的笑。

"这笑容又仿佛是哪儿看见过似的！"我仍是想，默默的想。

又现出一重心幕来，也慢慢的拉开了，涌出十年前的一个印象。——茅檐下的雨水一滴一滴的落到衣上来，土阶边的水泡儿泛来泛去的乱转，门前的麦陇和葡萄架子都濯得新黄嫩绿的，非常鲜丽。一会儿，好容易雨晴了，连忙走下坡儿去，迎头看见月儿从海面上来了。猛然记得有件东西忘下了，站住了，回过头来。这茅屋里的老妇人倚着门儿，抱着花儿，向着我微微的笑。

这同样微妙的神情好似游丝一般，飘飘漾漾的合了拢来，绾在一起。

这时心下光明澄静，如登仙界，如归故乡。眼前浮现的三个笑容，一时融化在爱的调和里，看不分明了。

梦

　　她回想起童年的生涯，真是如同一梦罢了！穿着黑色带金线的军服，佩着一柄短短的军刀，骑在很高大的白马上，在海岸边缓辔徐行的时候，心里只充满了壮美的快感，几曾想到现在的自己，是这般的静寂，只拿着一枝笔儿，写她幻想中的情绪呢？

　　她男装到了十岁，十岁以前，她父亲常常带她去参与那军人娱乐的宴会。朋友们一见都夸奖说，"好英武的一个小军人！今年几岁了？"父亲先一面答应着，临走时才微笑说，"他是我的儿子，但也是我的女儿。"

　　她会打走队的鼓，会吹召集的喇叭。知道毛瑟枪里的机关。也会将很大的炮弹，旋进炮腔里。五六年父亲身畔无意中的训练，真将她做成很矫健的小军人了。

　　别的方面呢？平常女孩子所喜好的事，她却一点都不爱。这也难怪她，她的四围并没有别的女伴，偶然看见山下经过的几个村里的小姑娘，穿着大红大绿的衣裳，裹着很小的脚。匆匆一面里，她无从知道她们平居的生活。而且她也不把这些印象，放在心上。一把刀，一匹马，便堪过尽一生了！女孩子的

105

事，是何等的琐碎烦腻呵！当探海的电灯射在浩浩无边的大海上，发出一片一片的寒光，灯影下，旗影下，两排儿沉豪英毅的军官，在剑佩锵锵的声里，整齐严肃的一同举起杯来，祝中国万岁的时候，这光景，是怎样的使人涌出慷慨的快乐的眼泪呢？

她这梦也应当到了醒觉的时候了！人生就是一梦么？

十岁回到故乡去，换上了女孩子的衣服，在姊妹群中，学到了女儿情性：五色的丝线，是能做成好看的活计的；香的，美丽的花，是要插在头上的；镜子是装束完时要照一照的；在众人中间坐着，是要说些很细腻很温柔的话的；眼泪是时常要落下来的。女孩子是总有点脾气，带点娇贵的样子的。

这也是很新颖，很能造就她的环境——但她父亲送给她的一把佩刀，还长日挂在窗前。拔出鞘来，寒光射眼，她每每呆住了。白马呵，海岸呵，荷枪的军人呵……模糊中有无穷的怅惘。姊妹们在窗外唤她，她也不出去了。站了半天，只掉下几点无聊的眼泪。

她后悔么？也许是，但有谁知道呢！军人的生活，是怎样的造就了她的性情呵！黄昏时营幕里吹出来的笳声，不更是抑扬凄婉么？世界上软款温柔的境地，难道只有女孩儿可以占有么？海上的月夜，星夜，眺台独立倚枪翘首的时候：沉沉的天幕下，人静了，海也浓睡了，——"海天以外的家！"这时的情怀，是诗人的还是军人的呢？是两缕悲壮的丝交纠之点呵！

除了几点无聊的英雄泪，还有什么？她安于自己的境地了！生命如果是圈儿般的循环，或者便从"将来"，又走向"过去"的道上去，但这也是无聊呵！

　　十年深刻的印象，遗留于她现在的生活中的，只是矫强的性质了——她依旧是喜欢看那整齐的步伐，听那悲壮的军笳。但与其说她是喜欢看，喜欢听，不如说她是怕看，怕听罢。

　　横刀跃马，和执笔沉思的她，原都是一个人，然而时代将这些事隔开了……

　　童年！只是一个深刻的梦么？

1921年10月1日

到青龙桥去

如火如荼的国庆日，却远远的避开北京城，到青龙桥去。

车慢慢的开动了，只是无际的苍黄色的平野，和连接不断的天末的远山。——愈往北走，山愈深了。壁立的岩石，屏风般从车前飞过。不时有很浅的浓绿色的山泉，在岩下流着。山半柿树的叶子，经了秋风，已经零落了，只剩有几个青色半熟的柿子挂在上面。山上的枯草，迎着晨风，一片的和山偃动，如同一领极大的毛毡一般。

"原也是很伟秀的，然而江南……"我无聊的倚着空冷的铁炉站着。

她们都聚在窗口谈笑，我眼光穿过她们的肩上，凝望着那边角里坐着的几个军人。

"军人！"也许潜藏在我的天性中罢，我在人群中常常不自觉的注意军人。

世人呵！饶恕我！我的阅历太浅薄了，真是太浅薄了！我的阅历这样的告诉我，我也只能这样忠诚而勇敢的告诉世人，说："我有生以来，未曾看见过像我在书报上所看的，那种兽性的，沉沦的，罪恶的军人！"

也许阅历欺哄我，但弱小的我，却不敢欺哄世人！

一个朋友和我说，——那时我们正在院里，远远的看我们军人的同学盘杠子——"我每逢看见灰黄色的衣服的人，我就起一种憎嫌和恐怖的战栗。"我看着她郑重的说："我从来不这样想，我看见他们，永远起一种庄肃的思想！"她笑道："你未曾经过兵祸罢！"我说："你呢？"她道，"我也没有，不过我常常从书报上，看见关于恶虐的兵士们的故事……"

我深深的悲哀了！在我心中，数年来潜在的隐伏着不能言说的怜悯和抑屈！文学家呵！怎么呈现在你们笔底的佩刀荷枪的人，竟尽是这样的疯狂而残忍？平民的血泪流出来了，军人的血泪，却洒向何处？

笔尖下抹杀了所有的军人，将混沌的，一团黑暗暴虐的群众，铭刻在人们心里。从此严肃的军衣，成了赤血的标帜；忠诚的兵士，成了撒旦的随从。可怜的军人，从此在人们心天中，没有光明之日了！

虽然阅历决然毅然的这般告诉我，我也不敢不信，一般文学家所写的是真确的。军人的群众也和别的群众一般，有好人也更有坏人。然而造成人们对于全体的灰色黄色衣服的人，那样无缘故无条件，概括的厌恶，文学家，无论如何，你们不得辞其咎！

也讲一讲人道罢！将这些勇健的血性的青年，从教育的田地上夺出来，关闭在黑暗恶虐的势力范围里，叫他们不住的吸收冷酷残忍的习惯，消灭他友爱怜悯的本能。有事的时候，驱他们到残杀同类的死地上去；无事的时候，叫他穿着破烂的军衣，吃的是黑面，喝的是冷水，三更半夜的起来守更走队，在悲笳声中度生活。家里的信来了："我们要吃饭！"回信说："没有钱，我们欠饷七个月了！——"可怜的中华民国的青年男子呵！山穷水尽的途上，哪里是你们的歧路？……

我的思潮，那时无限制的升起。无数的观念奔凑，然而时间只不过一瞬。

车门开了，走进三个穿军服的人。第一个，头上是粉红色的帽箍，穿着深黄色的呢外套，身材很高。后面两个略矮一些，只穿着平常的黄色军服，鱼贯的从人丛中，经过我们面前，便一直走向那几个兵丁坐的地方去。

她们略不注意的仍旧看着窗外，或相对谈笑。我却静默的，眼光凝滞的随着他们。

那边一个兵丁站起来了。两块红色的领章，围住瘦长的脖子，显得他的脸更黑了。脸上微微的有点麻子，中人身材，他站起来，只到那稽查的肩际。

粉红色帽箍的那个稽查，这时正侧面对着我们。我看得真切：圆圆的脸，短短的眉毛，肩膊很宽，细细的一条皮带，束在腰上，两手背握着。白绒的手套已经微污了，臂上缠的一块白布，也成了灰色的了，上面写着"察哈尔总站，军警稽查……"以下的字，背着我们看不见了。

他沉声静气的问："你是哪里的，要往哪里去？"那个兵丁笔直的站着，听问便连忙解开外面军衣的纽扣，从里衣袋里，掏出一张名片和护照来，无言的递上。——也许曾说了几句话，但声音很低，我听不见。稽查凝视着他，说："好，但是我们公事公办，就是大总统的片子，也当不了车票呵！而且这护照也只能坐慢车。弟兄！到站等着去罢，只差一点钟工夫！"

军人们！饶恕我那时不道德的揣想。我想那兵丁一定大怒了！我恐怕有个很大的争闹，不觉的退后了，更靠近窗户，好像要躲开流血的事情似的。

稽查将片子放在自己的袋里——那个兵丁低头的站着，微麻的脸上，充满了彷徨，无主，可怜。侧面只看见他很长的睫毛，不住的上下瞬动。

火车仍旧风驰电掣的走着。他至终无言的坐下，呆呆的望着窗外。肩后看去，只有那戴着军帽，剪得很短头发的头，和我们在同一的速率中，左右微微动摇。

我深深吸了一口气，放下心来，却立时起了一种极异样的感觉！

到了站了！他无力的站起，提着包儿，往外就走。对面来了一个女人，他侧身恭敬的让过。经过稽查面前，点点头就下车去了。

稽查正和另一个兵丁问答。这个兵丁较老一点，很瘦的脸，眉目间处处显出困倦无力。这时却也很直的站着，声音很颤动，说："我是在……陈副官公馆里，他差我到……去。"一面也珍重的呈上一张片子。稽查的脸仍旧紧张着，除了眼光上下之外，不见有丝毫情感的表现，他仍旧凝重的说："我知道现在军事是很忙的，我不是不替弟兄们留一线之路。但是一张片子，公事上说不过去。陈副官既是军事机关上的人，他更不能不知道火车上的规矩——你也下去罢！"

老兵丁无言的也下车去了。

稽查转过身来，那边两个很年轻的兵丁，连忙站起，先说："我们到西苑去。"稽查看了护照，笑了笑说："好，你们也坐慢车罢！看你们的服章，军界里可有你们这样不整齐的？国家的体面，哪里去了？车上这许多外国人，你们也不怕他们笑话！"随在稽查后面的两个军人，微笑的上前，将他们带着线头，拖在肩上的两块领章扶起。那两个少年兵丁，惭愧的低头无语。

稽查开了门，带着两个助手，到前面车上去了。

车门很响的关了，我如梦方醒，周身起了一种细微的战栗。——不是憎嫌，不是恐怖，定神回想，呀！竟是最深的惭愧与赞美！

一共是七个人：这般凝重，这般温柔，这样的服从无抵抗！我不信这些情景，只呈露在我的前面……

登上万里长城了！乱山中的城头上，暗淡飘忽的日光下，迎风独立。四围充满了寂寞与荒凉。除了浅黄色一串的骆驼，从深黄色的山脚下，徐徐走过之外，一切都是单调的！看她们头上白色的丝巾，三三两两的，在城上更远更高处拂拂吹动。我自己留在城半。在我理想中易起感慨的，数千年前伟大建筑物的长城上，呆呆的站着，竟一毫感慨都没有起！

　　只那几个军人严肃而温柔的神情，平和而庄重的言语，和他们所不自知的，在人们心中无明不白的厌恶：这些事，都重重的压在我弱小的灵魂上——受着天风，我竟不知道世界上还有个我没有！

1922年10月12日夜

闲　情

弟弟从我头上，拔下发针来，很小心的挑开了一本新寄来的月刊。看完了目录，便反卷起来，握在手里。笑说，"莹哥，你真是太沉默了，一年无有消息。"

我凝思地，微微答以一笑。

是的，太沉默了！然而我不能，也不肯忙中偷闲，不自然地，造作地，以应酬为目的地，写些东西。

病的神慈悲我，竟赐予我以最清闲最幽静的七天。

除了一天几次吃药的时间，是苦的以外，我觉得没有一时，不沉浸在轻微的愉快之中。——庭院无声。枕簟生凉。温暖的阳光，穿过苇帘，照在淡黄色的壁上。浓密的树影，在微风中徐徐动摇。窗外不时的有好鸟飞鸣。这时世上一切，都已抛弃隔绝，一室便是宇宙，花影树声，都含妙理。是一年来最难得的光阴呵，可惜只有七天！

黄昏时，弟弟归来，音乐声起，静境便耄然破了。一块暗绿色的绸子，蒙在灯上，屋里一切都是幽凉的，好似悲剧的一幕。镜中照见自己玲珑的白衣，竟悄然的觉得空灵神秘。当屋隅的四弦琴，颤动的，生涩的，徐徐奏起，两个歌喉，由不同的调子，渐渐合一，由悠扬，而婉转，由高亢，而沉缓的时候，怔忡的我，竟感到了无限的怅惘与不宁。

小孩子们真可爱，在我睡梦中，偷偷的来了，放下几束花，又走了。小弟弟拿来插在瓶里，也在我睡梦中，偷偷的放在床边几上。——开眼瞥见了，黄的和白的，不知名的小花，衬着淡绿的短瓶。……原是不很香的，而每朵花里，都包含着天真的友情。

终日休息着，睡和醒的时间界限，便分得不清。有时在中夜，觉得精神很圆满。——听得疾雷杂以疏雨，每次电光穿入，将窗台上的金钟花，轻淡清切的映在窗帘上，又急速的隐抹了去。而余影极分明的，印在我的脑膜上。我看见"自然"的淡墨画，这是第一次。

得了许可，黄昏时便出来疏散。轻凉袭人。迟缓的步履之间，自觉很弱，而弱中隐含着一种不可言说的愉快。这情景恰如小时在海舟上，——我完全不记得了，是母亲告诉我的，——众人都晕卧，我独不理会，颠顿的自己走上舱面，去看海。凝注之顷，不时的觉得身子一转，已跌坐在甲板上，以为很新鲜，很有趣。每坐下一次，便嬉笑个不住，笑完再起来，希望再跌倒。匆匆又是十余年了，不想以弱点为愉乐的心情，至今不改。

一个朋友写信来慰问我，说：

"东坡云'因病得闲殊不恶'，我亦生平善病者，故知能闲真是大功夫，大学问。……如能于养神之外，偶阅《维摩经》尤妙，以天女能道尽众生之病，断无不能自己其病也！恐扰清神，余不敢及。"

因病得闲，是第一慊心事，但佛经却没有看。

1922年6月12日

无家乐

家，是多么美丽甜柔的一个名词！

征人游子，一想到家，眼里会充满了眼泪，心头会起一种甜酸杂糅的感觉。这种描写，在中外古今的文里，不知有多少，且不必去管它。

但是"家"，除开了情感的分子，它那物质方面，包罗的可真多了：上自父母子女，下至鸡犬猫猪；上自亭台池沼，下至水桶火盆，油瓶盐罐，都是"家"之一部分，所以说到管家，哪一个主妇不皱眉？一说到搬家，哪一个主妇不头痛？

在下雨或雨后的天，常常看见蜗牛拖着那粘软的身体，在那凝涩潮湿的土墙上爬，我对它总有一种同情，一番怜悯！这正是一个主妇的象征！

蜗牛的身体，和我们的感情是一样的，绵软又怯弱。它需要一个厚厚的壳常常要没头没脑的钻到里面去，去求安去取暖。这厚厚的壳，便是由父母子女，油瓶盐罐所组织成的那个沉重而复杂的家！结果呢，它求安取暖的时间很短，而背拖着这厚壳，咬牙蠕动的时候居多！

新近因为将有远行，便暂时把我的家解散了，三个孩子分寄在舅家去，自己和丈夫借住在亲戚或朋友的家中，东家眠，西家吃，南京，上海，北平的乱跑，居然尝到了二十年来所未尝到的自由新鲜的滋味，那便是无家之乐。

古人说"无官一身轻"，这人是一个好官！他把做官当做一种责任，去了官，卸了责任，他便一身轻快，羽化而登仙。我们是说"无家一身轻"，没有了家，也没有了责任，不必想菜单，不必算账，不必洒扫，不必……哎哟，"不必"的事情就数不清了。这时你觉得耳朵加倍清晰，眼睛加倍发亮，脑筋加倍灵活，没事想找事做。

于是平常你听不见的声音，也听见了；平常看不出颜色，也看出了；平常想不起的人物和事情，也一齐想起了；多热闹，多灿烂，多亲切，多新鲜！

这次回到南京来，觉得南京之秋，太可爱可怜了，天空蓝得几乎赶得上北平，每天夜里的星星和月亮，都那么清冷晶莹的，使人屏息，使人低首。早晨起来，睁眼看见纱窗外一片蓝空，等不了扣好衣纽，便逼得人跑到门外去。在那蒙着一层微霜的纤草地上，自在疏慵的躺着十几片稀落的红黄的大枫叶，垂柳在风中快乐的摇曳，池里的凤尾红鱼在浮萍中间自由唼喋着，看见人来，泼剌地便游沉下去了。

这一天便这样自由自在的开始。

我的朋友们，都住在颐和路一带，早起就开始了颐和路的巡礼，为着访友，为着吃饭，这颐和路一天要走七八遭。我曾笑对朋友说，将来南京市府要翻修颐和路的时候，我要付相当的修理费的，因为我走的太多了。

朋友们的气味，和我大都相投，谈起来十分起劲，到了快乐和伤心时候，都可以掉下眼泪，也有时可以深到忍住眼泪。本来么，这八九年来世界，国家，和个人的大变迁，做成了多少悲欢离合的事情，多少甜酸苦辣的情感。这九年的光阴，把我们从"蒙昧"的青春，推到了"了解"的中年，把往事从头细说，分析力和理会力都加强了，忽然感到了九年前所未感觉到的悲哀和矛盾——但在这悲哀和矛盾中，也未尝没有从前所未感觉到的宁静和自由。

谈够了心，忽然想出去走走，于是一窝蜂似的又出去了。我们发现玄武湖上，凭空添出了几个幽静清雅的角落，这里常常是没有人，或者是一两个无事忙的孩子，占住这小亭或小桥的一角。这广大的水边，一洗去车水船龙的景象，把晴空万里的天，耀眼生花的湖水，浓纤纤的草地，静悄悄的楼台，都交付了我们这几个闲人。我们常常用宝爱珍惜的心情走了进来，又用留恋不舍的心情走了出去。

不但玄武湖上多出许多角落，连大街上也多出无数五光十色，炫目夺人的窗户。好久不开发家用了，仿佛口袋里的钱，总用不完，于是东也买点，西也买点，送人也好，留着也好，充分享受了任意挥霍的快感。当我提着，夹着，捧着一大堆东西，飘飘然回到寓所的时候，心中觉得我所喜欢的不是那些五光十色的糖果，乃是这糖果后面一种挥霍的快乐。

还有种种纸牌戏：十年前我是决不玩的，觉得这是耗时伤神的事情。抗战以后，在寂寞困苦的环境中，没有了其他户外的娱乐，纸牌就成为唯一的游戏。到了重庆，在空袭最猛烈的季节，红球挂起，警报来到，把孩子送下防空洞，等待紧急警报的时间也常常摊开纸牌，来松弛大家紧张的心情。但那还是拿玩牌当作一种工具，如平常大学教授之"卫生牌"，来调和实验室里单调的空气。这次玩牌却又不同了，仿佛我是度一种特别放纵的假期，横竖夜里无须早睡，早晨无须早起，想病就病，想歇就歇，于是六七天来，差不多天天晚上有几个朋友，边笑边谈，一边是有天没日的玩着种种从未玩过的纸牌花样。

这无家之乐，还在绵延之中，我们还在计算着在远行之前，挤出两三天去游山玩水……但我已有了一种隐隐寂寞的感觉！记得幼年在私塾时期，从年夜晚起，锣鼓喧天的直玩到正月十五，等到月上柳梢，一股寂寞之感，猛然袭来，真是"道场散了"！一会儿就该烧灯睡觉，在冷冷的被窝中，温理这十五天来昏天黑地的快乐生涯，明天起再准备看先生的枯皱无情的脸，以及书窗外几枝疏落僵冷的梅花。

上帝创造蜗牛时候，就给它背上一个厚厚的壳，肯背也罢，不肯背也罢，它总得背着那厚壳在蠕动。一来二去的，它对这厚壳，发生了情感。没有了这壳，它虽然暂时得到了一种未经验过的自由，而它心中总觉得反常，不安逸！

我所要钻进去的那一个壳，是远在海外的东京。和以前许多的壳一样，据说也还清雅，再加上我的稳静的丈夫，和娇憨的小女，为求安取暖，还是不差！

　　是壳也罢，不是壳也罢，"家"是多么美丽甜柔的一个"名词"！

　　　　　　　　　　1946年10月20日，南京颐和路。

第二辑

清纯的童心

童年的事都是有趣的，怯弱的心情，有时也极其可爱。

《寄小读者》四版自序

假如文学的创作，是由于不可遏抑的灵感，则我的作品之中，只有这一本是最自由，最不思索的了。

这书中的对象，是我挚爱恩慈的母亲。她是最初也是最后我所恋慕的一个人。我提笔的时候，总有她的颦眉或笑脸涌现在我的眼前。她的爱，使我由生中求死——要担负别人的痛苦；使我由死中求生——要忘记自己的痛苦。生命中的经验，渐渐加增，我也渐渐的撷到了生命花丛中的尖刺。在一切躯壳和灵魂的美丽芬芳的诱惑之中，我受尽了情感的颠簸；而"到底为谁活着"的观念，也日益明了……

感谢上帝，在我最初一灵不昧的入世之日，已予我以心灵永久的皈依和寄托——

我无有话说，人生就是人生！母亲付予了我以灵魂和肉体，我就以我的灵肉来探索人生。以往的试验探索的结果，使我写了寄小朋友这些书信。这书中有幼稚的欢乐，也有天真的眼泪！

年来笔下消沉多了，然而我觉得那抒写的情绪，总是不绝如缕，乙乙欲抽——记得1924年的初春，在沙穰青山的病榻上，背倚着楼阑凝望：正是山雨欲来的时候，湿风四起，风片中夹带着新草的浓香。黑云飞聚，压盖得楼前的层山叠嶂，浮起了艳艳的绿光。天容如墨，而如墨的云隙中，万缕霞光，灿穿四射，影满大地！我那时神悚目夺，瞿然惊悦，我在预觉着这场风雨后芳馨浓郁的春光！

小朋友，朗润园池中春冰已泮，而我怀仍结！在这如结久蕴的情怀之后，我似乎也觉着笔下来归的隐隐的春光。我在墙头小山上徐步，土湿如膏，西望玉泉山上的塔，和万寿山上的佛香阁，排云殿等等，都隐在浓雾之中，而浓雾却遮不住那丛树枝头嫩黄的生意，春天来了！

小朋友，冰心应许你在这一春中，再报告你们些幼稚的欢乐，天真的眼泪，虽然她也怕在生命花刺渐渐握满之后，欢笑不成，眼泪不落……

小朋友，记取，春天来了！

1927年3月20日，朗润园。

寄小读者（节选）

通讯一

似曾相识的小朋友们：

我以抱病又将远行之身，此三两月内，自分已和文字绝缘；因为昨天看见《晨报》副刊上已特辟了"儿童世界"一栏，欣喜之下，便借着软弱的手腕，生疏的笔墨，来和可爱的小朋友，作第一次的通讯。

在这开宗明义的第一信里，请你们容我在你们面前介绍我自己。我是你们天真队里的一个落伍者——然而有一件事，是我常常用以自傲的：就是我从前也曾是一个小孩子，现在还有时仍是一个小孩子。为着要保守这一点天真直到我转入另一世界时为止，我恳切的希望你们帮助我，提携我，我自己也要永远勉励着，做你们的一个最热情最忠实的朋友！

小朋友，我要走到很远的地方去。我十分的喜欢有这次的远行，因为或者可以从旅行中多得些材料，以后的通讯里，能告诉你们些略为新奇的事情。——我去的地方，是在地球的那一边。我有三个弟弟，最小的十三岁了。他念过地理，知道地球是圆的。他开玩笑的和我说："姊姊，你走了，我们想你的时候，可以拿一条很长的竹竿子，从我们的院子里，直穿到对面你们的院子去，穿成一个孔穴。我们从那孔穴里，可以彼此看见。我看看你别后是否胖了，或是瘦了。"小朋友想这是可能的事情么？——我又有一个小朋友，今年四岁了。他有一天问我说："姑姑，你去的地方，是比前门还远么？"小朋友看是地球的那一边远呢？还是前门远呢？

我走了——要离开父母兄弟，一切亲爱的人。虽然是时期很短，我也已觉得很难过。倘若你们在风晨雨夕，在父亲母亲的膝下怀前，姊妹弟兄的行间队里，快乐甜柔的时光之中，能联想到海外万里有一个热情忠实的朋友，独在恼人凄清的天气中，不能享得这般浓福，则你们一瞥时的天真的怜念，从宇宙之灵中，已遥遥的付与我以极大无量的快乐与慰安！

小朋友，但凡我有工夫，一定不使这通讯有长期间的间断。若是间断的时候长了些，也请你们饶恕我。因为我若不是在童心来复的一刹那顷拿起笔来，我决不敢以成人烦杂之心，来写这通讯。这一层是要请你们体恤怜悯的。

这信该收束了，我心中莫可名状，我觉得非常的荣幸！

冰心

1923年7月25日

通讯二

小朋友们：

  我极不愿在第二次的通讯里，便劈头告诉你们一件伤心的事情。然而这件事，从去年起，使我的灵魂受了隐痛，直到现在，不容我不在纯洁的小朋友面前忏悔。

  去年的一个春夜——很清闲的一夜，已过了九点钟了，弟弟们都已去睡觉，只我的父亲和母亲对坐在圆桌旁边，看书，吃果点，谈话。我自己也拿着一本书，倚在椅背上站着看。那时一切都很和柔，很安静的。

  一只小鼠，悄悄地从桌子底下出来，慢慢的吃着地上的饼屑。这鼠小得很，它无猜的，坦然的，一边吃着，一边抬头看看我——我惊悦的唤起来，母亲和父亲都向下注视了。四面眼光之中，它仍是怡然的不走，灯影下照见它很小很小，浅灰色的嫩毛，灵便的小身体，一双闪烁的明亮的小眼睛。

  小朋友们，请容我忏悔！一刹那顷我神经错乱的俯将下去，拿着手里的书，轻轻地将它盖上。——上帝！它竟然不走。隔着书页，我觉得它柔软的小身体，无抵抗的蜷伏在地上。

  这完全出于我意料之外了！我按着它的手，方在微颤——母亲已连忙说："何苦来！这么驯良有趣的一个小活物……"话犹未了，小狗虎儿从帘外跳将进来，父亲也连忙说："快放手，虎儿要得着它了！"我又神经错乱的拿起书来，可恨呵！它仍是怡然的不动。——一声喜悦的微吼，虎儿已扑着它，不容我唤住，已衔着它从帘隙里又钻了出去。出到门外，只听得它在虎儿口里微弱凄苦的啾啾的叫了几声，此后便没有了声息。——前后不到一分钟，这温柔的小活物，使我心上嗖的着了一箭！

我从惊惶中长吁了一口气。母亲慢慢也放下手里的书，抬头看着我说："我看它实在小得很，无机得很。否则一定跑了。初次出来觅食，不见回来，它母亲在窝里，不定怎样的想望呢。"

小朋友，我堕落了，我实在堕落了！我若是和你们一般年纪的时候，听得这话，一定要慢慢的挪过去，突然的扑在母亲怀中痛哭。然而我那时……小朋友们恕我！我只装作不介意的笑了一笑。

安息的时候到了，我回到卧室里去。勉强的笑，增加了我的罪孽，我徘徊了半天，心里不知怎样才好——我没有换衣服，只倚在床沿，伏在枕上，在这种状态之下，静默了有十五分钟——我至终流下泪来。

至今已是一年多了，有时读书至夜深，再看见有鼠子出来，我总觉得忧愧，几乎要避开。我总想是那只小鼠的母亲，含着伤心之泪，夜夜出来找它，要带它回去。

不但这个，看见虎儿时想起，夜坐时也想起，这印象在我心中时时作痛。有一次禁受不住，便对一个成人的朋友，说了出来；我拼着受她一场责备，好减除我些痛苦。不想她却失笑着说："你真是越来越孩子气了，针尖大的事，也值得说说！"她漠然的笑容，竟将我以下的话，拦了回去。从那时起，我灰心绝望，我没有向第二个成人，再提起这针尖大的事！

我小时曾为一头折足的蟋蟀流泪，为一只受伤的黄雀呜咽；我小时明白一切生命，在造物者眼中是一般大小的；我小时未曾做过不仁爱的事情，但如今堕落了……

今天都在你们面前陈诉承认了，严正的小朋友，请你们裁判罢！

冰心

1923年7月28日，北京。

通讯四

小朋友：

好容易到了临城站，我走出车外。只看见一大队兵，打着红旗，上面写着"……第二营……"，又放炮仗，又吹喇叭；此外站外只是远山田垄，更没有什么。我很失望，我竟不曾看见一个穿夜行衣服，带镖背剑，来去如飞的人。

自此以南，浮云蔽日。轨道旁时有小湫。也有小孩子，在水里洗澡游戏。更有小女孩，戴着大红花，坐在水边树底作活计，那低头穿线的情景，煞是温柔可爱。

过南宿州至蚌埠，轨道两旁，雨水成湖。湖上时有小舟来往。无际的微波，映着落日，那景物美到不可描画。——自此人民的口音，渐渐的改了，我也渐渐的觉得心怯，也不知道为什么。

过金陵正是夜间，上下车之顷，只见隔江灯火灿然。我只想象着城内的秦淮莫愁，而我所能看见的，只是长桥下微击船舷的黄波浪。

五日绝早过苏州。两夜失眠，烦困已极，而窗外风景，浸入我倦乏的心中，使我悠然如醉。江水伸入田垄，远远几架水车，一簇一簇的茅亭农舍，树围水绕，自成一村。水漾轻波，树枝低压。当几个农妇挑着担儿，荷着锄儿，从那边走过之时，真不知是诗是画！

有时远见大江，江帆点点，在晓日之下，清极秀极。我素喜北方风物，至此也不得不倾倒于江南之雅澹温柔。

晨七时半到了上海，又有小孩子来接，一声"姑姑"，予我以无限的欢喜。——到此已经四五天了，休息之后，俗事又忙个不了。今夜夜凉如水，灯下只有我自己。在此静夜极难，许多姊妹兄弟，知道我来，多在夜间来找我乘凉闲话。我三次拿起笔来，都因门环响中止，凭阑下视，又是哥哥姊妹来看望我的。我慰悦而又惆怅，因为三次延搁了我所乐意写的通讯。

　　这只是沿途的经历，感想还多，不愿在忙中写过，以后再说。夜深了，容我说晚安罢！

冰心

1923年8月9日，上海。

通讯七

亲爱的小朋友：

　　八月十七的下午，约克逊号邮船无数的窗眼里，飞出五色飘扬的纸带，远远的抛到岸上，任凭送别的人牵住的时候，我的心是如何的飞扬而凄恻！

　　痴绝的无数的送别者，在最远的江岸，仅仅牵着这终于断绝的纸条儿，放这庞然大物，载着最重的离愁，飘然西去！

　　船上生活，是如何的清新而活泼。除了三餐外，只是随意游戏散步。海上的头三日，我竟完全回到小孩子的境地中去了，套圈子，抛沙袋，乐此不疲，过后又绝然不玩了。后来自己回想很奇怪，无他，海唤起了我童年的回忆，海波声中，童心和游伴都跳跃到我脑中来。我十分的恨这次舟中没有几个小孩子，使我童心来复的三天中，有无猜畅好的游戏！

　　我自少住在海滨，却没有看见过海平如镜。这次出了吴淞口，一天的航程，一望无际尽是粼粼的微波。凉风习习，舟如在冰上行。到过了高丽界，海水竟似湖光。蓝极绿极，凝成一片。斜阳的金光，长蛇般自天边直接到阑旁人立处。上自穹苍，下至船前的水，自浅红至于深翠，幻成几十色，一层层，一片片的漾开了来。……小朋友，恨我不能画，文字竟是世界上最无用的东西，写不出这空灵的妙景！

八月十八夜，正是双星渡河之夕。晚餐后独倚阑旁，凉风吹衣。银河一片星光，照到深黑的海上。远远听得楼阑下人声笑语，忽然感到家乡渐远。繁星闪烁着，海波吟啸着，凝立悄然，只有惆怅。

十九日黄昏，已近神户，两岸青山，不时的有渔舟往来。日本的小山多半是圆扁的，大家说笑，便道是"馒头山"。这馒头山沿途点缀，直到夜里，远望灯光灿然，已抵神户。船徐徐停住，便有许多人上岸去。我因太晚，只自己又到最高层上，初次看见这般璀璨的世界，天上微月的光，和星光，岸上的灯光，无声相映。不时的还有一串光明从山上横飞过，想是火车周行。……舟中寂然，今夜没有海潮音，静极心绪忽起："倘若此时母亲也在这里……"我极清晰的忆起北京来，小朋友，恕我，不能往下再写了。

冰心

1923年8月20日，神户。

134

朝阳下转过一碧无际的草坡，穿过深林，已觉得湖上风来，湖波不是昨夜欲睡如醉的样子了。——悄然的坐在湖岸上，伸开纸，拿起笔，抬起头来，四围红叶中，四面水声里，我要开始写信给我久违的小朋友。小朋友猜我的心情是怎样的呢？

水面闪烁着点点的银光，对岸意大利花园里亭亭层列的松树，都证明我已在万里外。小朋友，到此已逾一月了，便是在日本也未曾寄过一字，说是对不起呢，我又不愿！

我平时写作，喜在人静的时候。船上却处处是公共的地方，舱面阑边，人人可以来到。海景极好，心胸却难得清平。我只能在晨间绝早，船面无人时，随意写几个字，堆积至今，总不能整理，也不愿草草整理，便迟延到了今日。我是尊重小朋友的，想小朋友也能尊重原谅我！

许多话不知从哪里说起，而一声声打击湖岸的微波，层层的没上杂立的潮石，直到我蔽膝的毡边来，似乎要求我将她介绍给我的小朋友。小朋友，我真不知如何的形容介绍她！她现在横在我的眼前。湖上的月明和落日，湖上的浓阴和微雨，我都见过了，真是仪态万千。小朋友，我的亲爱的人都不在这里，便只有她——海的女儿，能慰安我了。Lake Waban，谐音会意，我便唤她做"慰冰"。每日黄昏的游泛，舟轻如羽，水柔如不胜桨。岸上四围的树叶，绿的，红的，黄的，白的，一丛一丛的倒影到水中来，覆盖了半湖秋水。夕阳下极其艳冶，极其柔媚。将落的金光，到了树梢，散在湖面。我在湖上光雾中，低低的嘱咐它，带我的爱和慰安，一同和它到远东去。

小朋友！海上半月，湖上也过半月了，若问我爱哪一个更甚，这却难说。——海好像我的母亲，湖是我的朋友。我和海亲近在童年，和湖亲近是现在。海是深阔无际，不着一字，她的爱是神秘而伟大的，我对她的爱是归心低首的。湖是红叶绿枝，有许多衬托，她的爱是温和妩媚的，我对她的爱是清淡相照的。这也许太抽象，然而我没有别的话来形容了！

小朋友，两月之别，你们自己写了多少，母亲怀中的乐趣，可以说来让我听听么？——这便算是沿途书信的小序，此后仍将那写好的信，按序寄上，日月和地方，都因其旧，"弱游"的我，如何自太平洋东岸的上海绕到大西洋东岸的波士顿来，这些信中说得很清楚，请在那里看罢！

不知这几百个字，何时方达到你们那里，世界真是太大了！

冰心

1923年10月14日，慰冰湖畔，威尔斯利。

通讯八

亲爱的弟弟们：

波士顿一天一天的下着秋雨，好像永没有开晴的日子。落叶红的黄的堆积在小径上，有一寸来厚，踏下去又湿又软。湖畔是少去的了，然而还是一天一遭。很长很静的道上，自己走着，听着雨点打在伞上的声音。有时自笑不知这般独往独来，冒雨迎风，是何目的！走到了，石矶上，树根上，都是湿的，没有坐处，只能站立一会，望着蒙蒙的雾。湖水白极淡极，四围湖岸的树，都隐没不见，看不出湖的大小，倒觉得神秘。

回来已是天晚，放下绿帘，开了灯，看中国诗词，和新寄来的晨报副镌，看到亲切处，竟然忘却身在异国。听得敲门，一声"请进"，回头却是金发蓝睛的女孩子，笑颊粲然的立于明灯之下，常常使我猛觉，笑而吁气！

正不知北京怎样，中国又怎样了？怎么在国内的时候，不曾这样的关心？——前几天早晨，在湖边石上读华兹华斯（Wordsworth）的一首诗，题目是《我在不相识的人中间旅行》：

"I travelled among unknown men"

I travelled among unknown men,

In land beyond the sea,

Nor, England! did l know till then

What love I bore to thee.

大意是：

直至到了海外，

在不相识的人中间旅行；

英格兰！我才知道我付与你的

是何等样的爱。

读此使我恍然如有所得，又怅然如有所失。是呵，不相识的！湖畔归来，远远几簇楼窗的灯火，繁星般的灿烂，但不曾与我以丝毫慰藉的光气！

想起北京城里此时街上正听着卖葡萄、卖枣的声音呢！我真是不堪，在家时黄昏睡起，秋风中听此，往往凄动不宁。有一次似乎是星期日的下午，你们都到安定门外泛舟去了，我自己廊上凝坐，秋风侵衣。一声声卖枣声墙外传来，觉得十分黯淡无趣。正不解为何这般寂寞，忽然你们的笑语喧哗也从墙外传来，我的惆怅，立时消散。自那时起，我承认你们是我的快乐和慰安，我也明白只要人心中有了春气，秋风是不会引人愁思的。但那时却不曾说与你们知道。今日偶然又想起来，这里虽没有卖葡萄甜枣的声响，而窗外风雨交加。——为着人生，不得不别离，却又禁不起别离，你们何以慰我？……一天两次，带着钥匙，忧喜参半的下楼到信橱前去，隔着玻璃，看不见一张白纸。又近看了看，实在没有。无精打采的挪上楼来，不止一次了！明知万里路，不能天天有信，而这两次终不肯不走，你们何以慰我？

夜渐长了，正是读书的好时候，愿隔着地球，和你们一同勉励着在晚餐后一定的时刻用功。只恐我在灯下时，你们却在课室里——回家千万常在母亲跟前！这种光阴是贵过黄金的，不要轻轻抛掷过去，要知道海外的姊姊，是如何的羡慕你们！——往常在家里，夜中写字看书，只管漫无限制，横竖到了休息时间，父亲或母亲就会来催促的，搁笔一笑，觉得乐极。如今到了夜深人倦的时候，只能无聊的自己收拾收拾，去做那还乡的梦。弟弟！想着我，更应当尽量消受你们眼前欢愉的生活！

菊花上市，父亲又忙了，今年种得多不多？我案头只有水仙花，还没有开，总是含苞，总是希望，当常引起我的喜悦。

快到晚餐的时候了。美国的女孩子，真爱打扮，尤其是夜间。第一遍钟响，就忙着穿衣敷粉，纷纷晚妆。夜夜晚餐桌上，个个花枝招展的。"巧笑倩兮，美目盼兮，彼美人兮，西方之人兮。"我曾戏译这四句诗给她们听。攒三聚五的凝神向我，听罢相顾，无不欢笑。

不多说什么了，只有"珍重"二字，愿彼此牢牢守着！

冰心

1923年10月24日夜，闭璧楼。

倘若你们愿意，不妨将这封信分给我们的小朋友看看。途中书信，正在整理，一两天内，不见得能写寄。将此塞责，也是慰情聊胜无呵！又书。

通讯九

这是我姊姊由病院寄给父亲的一封信，描写她病中的生活和感想，真是比日记还详。我想她病了，一定不能常写信给"儿童世界"的小读者。也一定有许多的小读者，希望得着她的消息。所以我请于父亲，将她这封信发表。父亲允许了，我就略加声明当作小引，想姊姊不至责我多事？

1924年1月22日，冰仲，北京交大。

亲爱的父亲：

我不愿告诉我的恩慈的父亲，我现在是在病院里；然而尤不愿有我的任一件事，隐瞒着不叫父亲知道！横竖信到日，我一定已经痊愈，病中的经过，正不妨作记事看。

自然又是旧病了，这病是从母亲来的。我病中没有分毫不适，我只感谢上苍，使母亲和我的体质上，有这样不模糊的连结。血赤是我们的心，是我们的爱，我爱母亲，也并爱了我的病！

前两天的夜里——病院中没有日月，我也想不起来——S女士请我去晚餐。在她小小的书室里，灭了灯，燃着闪闪的烛，对着熊熊的壁炉的柴火，谈着东方人的故事。——一回头我看见一轮淡黄的月，从窗外正照着我们；上下两片轻绡似的白云，将她托住。S女士也回头惊喜赞叹，匆匆的饮了咖啡，披上外衣，一同走了出去。——原来不仅月光如水，疏星也在天河边闪烁。

她指点给我看：那边是织女，那个是牵牛，还有仙女星，猎户星，孪生的兄弟星，王后星，末后她悄然的微笑说："这些星星方位和名字，我一一牢牢记住。到我衰老不能行走的时候，我卧在床上，看着疏星从我窗外度过，那时便也和同老友相见一般的喜悦。"她说着起了微喟。月光照着她飘扬的银白的发，我已经微微的起了感触：如何的凄清又带着诗意的句子呵！

我问她如何会认得这些星辰的名字，她说是因为她的弟弟是航海家的缘故，这时父亲已横上我的心头了！

记否去年的一个冬夜，我同母亲夜坐，父亲回来的很晚。

我迎着走进中门，朔风中父亲带我立在院里，也指点给我看：这边是天狗，那边是北斗，那边是箕星。那时我觉得父亲的智慧是无限的，知道天空缥缈之中，一切微妙的事，——又是一年了！

月光中S女士送我回去，上下的曲径上，缓缓的走着。我心中悄然不怡——半夜便病了。

早晨还起来，早餐后又卧下。午后还上了一课，课后走了出来，天气好似早春，慰冰湖波光荡漾。我慢慢的走到湖旁，临流坐下，觉得弱又无聊。晚霞和湖波的细响，勉强振起我的精神来，黄昏时才回去。夜里九时，她们发觉了，立时送我入了病院。

医院是在小山上学校的范围之中，夜中到来看不真切。医生和看护妇在灯光下注视着我的微微的笑容，使我感到一种无名的感觉。—— 一夜很好，安睡到了天晓。

早晨绝早，看护妇抱着一大束黄色的雏菊，是闭璧楼同学送来的。我忽然下泪忆起在国内病时床前的花了，——这是第一次。

这一天中睡的时候最多，但是花和信，不断的来，不多时便屋里满了清香。玫瑰也有，菊花也有，还有许多不知名的。每封信都很有趣味，但信末的名字我多半不认识。因为同学多了，只认得面庞，名字实在难记！

我情愿在这里病，饮食很精良，调理的又细心。我一切不必自己劳神，连头都是人家替我梳的。我的床一日推移几次，早晨便推近窗前。外望看见礼拜堂红色的屋顶和塔尖，看见图书馆，更隐隐的看见了慰冰湖对岸秋叶落尽，楼台也露了出来。近窗有一株很高的树，不知道是什么名字。昨日早上，我看见一只红头花翎的啄木鸟，在枝上站着，好一会才飞走。又看见一头很小的松鼠，在上面往来跳跃。

从看护妇递给我的信中，知道许多师长同学来看我，都被医生拒绝了。我自此便闭居在这小楼里，——这屋里清雅绝尘，有加无已的花，把我围将起来。我神志很清明，却又混沌，一切感想都不起，只停在"臣门如市，臣心如水"的状态之中。

何从说起呢？不时听得电话的铃声响：

"……医院……她么？……很重要……不许接见……眠食极好，最要的是静养，……书等明天送来罢，……花和短信是可以的……"

差不多都是一样的话，我倚枕模糊可以听见。猛忆起今夏病的时候，电话也一样的响，冰仲弟说：

"姊姊么——好多了，谢谢！"

觉得我真是多事，到处叫人家替我忙碌——这一天在半醒半睡中度过。

第二天头一句问看护妇的话，便是："今天许我写字么？"她笑说："可以的，但不要写的太长。"我喜出望外，

143

第一封信便写给家里，报告我平安。不是我想隐瞒，因不知从哪里说起。第二封便给了闭璧楼九十六个"西方之人兮"的女孩子。我说：

"感谢你们的信和花带来的爱！——我卧在床上，用悠暇的目光，远远看着湖水，看着天空。偶然也看见草地上，图书馆，礼堂门口进出的你们。我如何的幸福呢？没有那几十页的诗，当功课的读。没有晨兴钟，促我起来。我闲闲的背着诗句，看日影渐淡，夜中星辰当着我的窗户；如不是因为想你们，我真不想回去了！"

信和花仍是不断的来。黄昏时看护妇进来，四顾室中，她笑着说，"这屋里成了花窖了。"我喜悦的也报以一笑。

我素来是不大喜欢菊花的香气的，竟不知她和着玫瑰花香拂到我的脸上时，会这样的甜美而浓烈！——这时趁了我的心愿了！日长昼永，万籁无声。一室之内，惟有花与我。在天然的禁令之中，杜门谢客，过我的清闲回忆的光阴。

把往事一一提起，无一不使我生美满的微笑。我感谢上苍：过去的二十年中，使我一无遗憾，只有这次的别离，忆起有些儿惊心！

B夫人早晨从波士顿赶来，只有她闯入这清严的禁地里。医生只许她说，不许我说。她双眼含泪，苍白无主的面颜对着我，说："本想我们有一个最快乐的感恩节……然而不要紧的，等你好了，我们另有一个……"

我握着她的手，沉静的不说一句话。等她放好了花，频频回顾的出去之后，望着那"母爱"的后影，我潸然泪下——这是第二次。

夜中绝好，是最难忘之一夜。在众香国中，花气氤氲。我请看护妇将两盏明灯都开了，灯光下，床边四围，浅绿浓红，争妍斗媚，如低眉，如含笑。窗外严净的天空里，疏星炯炯，枯枝在微风中，颤摇有声。我凝然肃然，此时此心可朝天帝！

猛忆起两句：

消受白莲花世界，
风来四面卧中央。

这福是不能多消受的！果然，看护妇微笑的进来，开了窗，放下帘子，挪好了床，便一瓶一瓶的都抱了出去，回头含笑对我说："太香了，于你不宜，而且夜中这屋里太冷。"——我只得笑着点首，然终留下了一瓶玫瑰，放在窗台上。在黑暗中，她似乎知道现在独有她慰藉我，便一夜的温香不断——

"花怕冷，我便不怕冷么？"我因失望起了疑问，转念我原是不应怕冷的，便又寂然心喜。

日间多眠，夜里便十分清醒。到了连书都不许看时，才知道能背诵诗句的好处，几次听见车声隆隆走过，我忆起：

水调歌从邻院度，

雷声车是梦中过。

朋友们送来一本书，是

Student's Book of Inspiration

内中有一段恍惚说：

"世界上最难忘的是自然之美，……有人能增加些美到世上去，这人便是天之骄子。"

真的，最难忘的是自然之美！今日黄昏时，窗外的慰冰湖，银海一般的闪烁，意态何等清寒？秋风中的枯枝，丛立在湖岸上，何等疏远？秋云又是如何的幻丽？这广场上忽阴忽晴，我病中的心情，又是何等的飘忽无着？

沉黑中仍是满了花香，又忆起：

到死未消兰气息，

他生宜护玉精神！

父亲！这两句我不应写了出来，或者会使你生无谓的难过。但我欲其真，当时实是这样忽然忆起来的。

没有这般的孤立过，连朋友都隔绝了，但读信又是怎样的有趣呢？

一个美国朋友写着：

"从村里回来，到你屋去，竟是空空。我几乎哭了出来！看见你相片立在桌上，我也难过。告诉我，有什么我能替你做的事情，我十分乐意听你的命令！"

又一个写着说：

"感恩节近了，快康健起来罢！大家都想你，你长在我们的心里！"

但一个日本的朋友写着：

"生命是无定的，人们有时虽觉得很近，实际上却是很远。你和我隔绝了，但我觉得你是常常近着我！"

中国朋友说：

"今天怎么样，要看什么中国书么？"

都只寥寥数字，竟可见出国民性—— 一夜从杂乱的思想中度过。

清早的时候，扫除橡叶的马车声，辗破晓静。我又忆起：

马蹄隐隐声隆降，

入门下马气如虹。

底下自然又连带到：

> 我今垂翅负天鸿，
> 他日不羞蛇作龙！

这时天色便大明了。

今天是感恩节，窗外的树枝都结上严霜，晨光熹微，湖波也凝而不流，做出初冬天气。——今天草场上断绝人行，个个都回家过节去了。美国的感恩节如同我们的中秋节一般，是家族聚会的日子。

父亲！我不敢说是"每逢佳节倍思亲"，因为感恩节在我心中，并没有什么甚深的观念。然而病中心情，今日是很惆怅的。花影在壁，花香在衣。濛濛的朝霭中，我默望窗外，万物无语，我不禁泪下。——这是第三次。

幸而我素来是不喜热闹的。每逢佳节，就想到幽静的地方去。今年此日避到这小楼里，也是清福。昨天偶然忆起辛幼安的《青玉案》：

> 众里寻他千百度——
> 蓦然回首，

　　　　　那人却在

　　　　　　灯火阑珊处。

　　我随手便记在一本书上，并附了几个字：

　　"明天是感恩节，人家都寻欢乐去了，我却闭居在这小楼里。然而忆到这孤芳自赏，别有怀抱的句子，又不禁喜悦的笑了。"

　　花香缠绕笔端，终日寂然。我这封信时作时辍，也用了一天工夫。医生替我回绝了许多朋友，我恍惚听见她电话说：

　　"她今天看着中国的诗，很平静，很喜悦！"

　　我便笑了，我昨天倒是看诗，今天却是拿书遮着我的信纸。父亲！我又淘气了！

　　看护妇的严净的白衣，忽然现在我的床前。她又送一束花来给我——同时她发觉了我写了许多，笑着便来禁止，我无法奈她何。——她走了，她实是一个最可爱的女子，当她在屋里蹀躞之顷，无端有"身长玉立"四字浮上脑海。

　　当父亲读到这封信时，我已生龙活虎般在雪中游戏了，不要以我置念罢！——寄我的爱与家中一切的人！我记念着他们每一个！

这回真不写了，——父亲记否我少时的一夜，黑暗里跑到山上的旗台上去找父亲，一星灯火里，我们在山上山下彼此唤着。我一忆起，心中就充满了爱感。如今是隔着我们挚爱的海洋呼唤着了！亲爱的父亲，再谈罢，也许明天我又写信给你！

女儿莹倚枕

1923年11月29日

通讯十

亲爱的小朋友：

我常喜欢挨坐在母亲的旁边，挽住她的衣袖，央求她述说我幼年的事。

母亲凝想地，含笑地，低低地说：

"不过有三个月罢了，偏已是这般多病。听见端药杯的人的脚步声，已知道惊怕啼哭。许多人围在床前，乞怜的眼光，不望着别人，只向着我，似乎已经从人群里认识了你的母亲！"

这时眼泪已湿了我们两个人的眼角！

"你的弥月到了，穿着舅母送的水红绸子的衣服，戴着青缎沿边的大红帽子，抱出到厅堂前。因看你丰满红润的面庞，使我在姊妹妯娌群中，起了骄傲。

“只有七个月，我们都在海舟上，我抱你站在阑旁。海波声中，你已会呼唤‘妈妈’和‘姊姊’。”

　　对于这件事，父亲和母亲还不时的起争论。父亲说世上没有七个月会说话的孩子。母亲坚执说是的。在我们家庭历史中，这事至今是件疑案。

　　“浓睡之中猛然听得丐妇求乞的声音，以为母亲已被她们带去了。冷汗被面的惊坐起来，脸和唇都青了，呜咽不能成声。我从后屋连忙进来，珍重的揽住，经过了无数的解释和安慰。自此后，便是睡着，我也不敢轻易的离开你的床前。”

　　这一节，我仿佛记得，我听时写时都重新起了呜咽！

　　“有一次你病得重极了。地上铺着席子，我抱着你在上面膝行。正是暑月，你父亲又不在家。你断断续续说的几句话，都不是三岁的孩子所能够说的。因着你奇异的智慧，增加了我无名的恐怖。我打电报给你父亲，说我身体和灵魂上都已不能再支持。忽然一阵大风雨，深忧的我，重病的你，和你疲乏的乳母，都沉沉的睡了一大觉。这一番风雨，把你又从死神的怀抱里，接了过来。”

　　我不信我智慧，我又信我智慧！母亲以智慧的眼光，看万物都是智慧的，何况她的唯一挚爱的女儿？

　　“头发又短，又没有一刻肯安静。早晨这左右两个小辫子，总是梳不起来。没有法子，父亲就来帮忙：‘站好了，站好了，要照相了！’父亲拿着照相匣子，假作照着。又短又粗的两个小辫子，好容易天天这样的将就的编好了。"

我奇怪我竟不懂得向父亲索要我每天照的相片！

"陈妈的女儿宝姐，是你的好朋友。她来了，我就关你们两个人在屋里，我自己睡午觉。等我醒来，一切的玩具，小人小马，都当做船，漂浮在脸盆的水里，地上已是水汪汪的。"

宝姐是我一个神秘的朋友，我自始至终不记得，不认识她。然而从母亲口里，我深深的爱了她。

"已经三岁了，或者快四岁了。父亲带你到他的兵舰上去，大家匆匆的替你换上衣服。你自己不知什么时候，把一只小木鹿，放在小靴子里。到船上只要父亲抱着，自己一步也不肯走。放到地上走时，只有一趷一趷的。大家奇怪了，脱下靴子，发现了小木鹿。父亲和他的许多朋友都笑了。——傻孩子！你怎么不会说？"

母亲笑了，我也伏在她的膝上羞愧的笑了。——回想起来，她的质问，和我的羞愧，都是一点理由没有的。十几年前事，提起当面前事说，真是无谓。然而那时我们中间弥漫了痴和爱！

"你最怕我凝神，我至今不知是什么缘故。每逢我凝望窗外，或是稍微的呆了一呆，你就过来呼唤我，摇撼我，说：'妈妈，你的眼睛怎么不动了？'我有时喜欢你来抱住我，便故意的凝神不动。"

我自己也不知道是什么缘故。也许母亲凝神，多是忧愁的时候，我要搅乱她的思路，也未可知。——无论如何，这是个隐谜！

"然而你自己却也喜凝神。天天吃着饭，呆呆的望着壁上的字画，桌上的钟和花瓶，一碗饭数米粒似的，吃了好几点钟。我急了，便把一切都挪移开。"

这件事我记得，而且很清楚，因为独坐沉思的脾气至今不改。

当她说这些事的时候，我总是脸上堆着笑，眼里满了泪，听完了用她的衣袖来印我的眼角，静静的伏在她的膝上。这时宇宙已经没有了，只母亲和我，最后我也没有了，只有母亲；因为我本是她的一部分！

这是如何可惊喜的事，从母亲口中，逐渐的发现了，完成了我自己！她从最初已知道我，认识我，喜爱我，在我不知道不承认世界上有个我的时候，她已爱了我了。我从三岁上，才慢慢的在宇宙中寻到了自己，爱了自己，认识了自己；然而我所知道的自己，不过是母亲意念中的百分之一，千万分之一。

小朋友！当你寻见了世界上有一个人，认识你，知道你，爱你，都千百倍的胜过你自己的时候，你怎能不感激，不流泪，不死心塌地的爱她，而且死心塌地的容她爱你？

有一次，幼小的我，忽然走到母亲面前，仰着脸问说："妈妈，你到底为什么爱我？"母亲放下针线，用她的面颊，抵住我的前额，温柔地，不迟疑地说："不为什么，——只因你是我的女儿！"

　　小朋友！我不信世界上还有人能说这句话！"不为什么"这四个字，从她口里说出来，何等刚决，何等无回旋！她爱我，不是因为我是"冰心"，或是其他人世间的一切虚伪的称呼和名字！她的爱是不附带任何条件的，唯一的理由，就是我是她的女儿。总之，她的爱，是屏除一切，拂拭一切，层层的麾开我前后左右所蒙罩的，使我成为"今我"的原素，而直接的来爱我的自身！

　　假使我走至幕后，将我二十年的历史和一切都更变了，再走出到她面前，世界上纵没有一个人认识我，只要我仍是她的女儿，她就仍用她坚强无尽的爱来包围我。她爱我的肉体，她爱我的灵魂，她爱我前后左右，过去，将来，现在的一切！

　　天上的星辰，骤雨般落在大海上，嗤嗤繁响。海波如山一般的汹涌，一切楼屋都在地上旋转，天如同一张蓝纸卷了起来。树叶子满空飞舞，鸟儿归巢，走兽躲到它的洞穴。万象纷乱中，只要我能寻到她，投到她的怀里……天地一切都信她！她对于我的爱，不因着万物毁灭而更变！

　　她的爱不但包围我，而且普遍的包围着一切爱我的人，而且因着爱我，她也爱了天下的儿女，她更爱了天下的母亲。小朋友！告诉你一句小孩子以为是极浅显，而大人们以为是极高深的话，"世界便是这样的建造起来的！"

　　世界上没有两件事物，是完全相同的，同在你头上的两根丝发，也不能一般长短。然而——请小朋友们和我同声赞美！只有普天下的母亲的爱，或隐或显，或出或没，不论你用斗量，用尺量，或是用心灵的度量衡来推测；我的母亲对于我，你母亲对于你，她的和他的母亲对于她和他；她们的爱是一般的长阔高深，分毫都不差减。小朋友！我敢说，也敢信古往今来，没有一个敢来驳我这句话。当我发觉了这神圣的秘密的时候，我竟欢喜感动得伏案痛哭！

我的心潮，沸涌到最高度，我知道于我的病体是不相宜的，而且我更知道我所写的都不出乎你们的智慧范围之外。——窗外正是下着紧一阵慢一阵的秋雨，玫瑰花的香气，也正无声的赞美她们的"自然母亲"的爱！

我现在不在母亲的身畔，——但我知道她的爱没有一刻离开我，她自己也如此说！——暂时无从再打听关于我的幼年的消息；然而我会写信给我的母亲。我说："亲爱的母亲，请你将我所不知道的关于我的事，随时记下寄来给我。我现在正是考古家一般的，要从深知我的你口中，研究我神秘的自己。"

被上帝祝福的小朋友！你们正在母亲的怀里。——小朋友！我教给你，你看完了这一封信，放下报纸，就快快跑去找你的母亲——若是她出去了，就去坐在门槛上，静静的等她回来——不论在屋里或是院中，把她寻见了，你便上去攀住她，左右亲她的脸，你说："母亲！若是你有工夫，请你将我小时候的事情，说给我听！"等她坐下了，你便坐在她的膝上，倚在她的胸前，你听得见她心脉和缓的跳动，你仰着脸，会有无数关于你的，你所不知道的美妙的故事，从她口里天乐一般的唱将出来！

然后，——小朋友！我愿你告诉我，她对你所说的都是什么事。

我现在正病着，没有母亲坐在旁边，小朋友一定怜念我，然而我有说不尽的感谢！造物者将我交付给我母亲的时候，竟赋予了我以记忆的心才；现在又从忙碌的课程中替我匀出七日夜来，回想母亲的爱。我病中光阴，因着这回想，寸寸都是甜蜜的。

小朋友，再谈罢，致我的爱与你们的母亲！

你的朋友 冰心

1923年12月5日晨，圣卜生疗养院，威尔斯利。

通讯十一

小朋友：

从圣卜生医院寄你们一封长信之后，又是二十天了。二月十三之晨，我心酸肠断，以为从此要尝些人生失望与悲哀的滋味，谁知却有这种柳暗花明的美景。但凡有知，能不感谢！

小朋友们知道我不幸病了，我却没有想到这病是须休息的，所以当医生缓缓的告诉我的时候，我几乎神经错乱。十三、十四两夜，凄清的新月，射到我的床上，瘦长的载霜的白杨树影，参错满窗。——我深深的觉出了宇宙间的凄楚与孤立。一年来的计划，全归泡影，连我自己一身也不知是何底止。秋风飒然，我的头垂在胸次。我竟恨了西半球的月，一次是中秋前后两夜，第二次便是现在了，我竟不知明月能伤人至此！

　　昏昏沉沉的过了两日，十五早起，看见遍地是雪，空中犹自飞舞，湖上凝阴，意态清绝。我肃然倚窗无语，对着慰冰纯洁的钱筵，竟麻木不知感谢。下午一乘轻车，几位师长带着心灰意懒的我，雪中驰过深林，上了青山（The Blue Hills）到了沙穰疗养院。

　　如今窗外不是湖了，是四围山色之中，丛密的松林，将这座楼圈将起来。清绝静绝，除了一天几次火车来往，一道很浓的白烟从两重山色中串过，隐隐的听见轮声之外，轻易没有什么声息。单弱的我，拼着颓然的在此住下了！

　　一天一天的过去觉得生活很特别。十二岁以前半玩半读的时候不算外，这总是第一次抛弃一切，完全来与"自然"相对。以读书，凝想，赏明月，看朝霞为日课。有时夜半醒来，万籁俱寂，皓月中天，悠然四顾，觉得心中一片空灵。我纵欲修心养性，哪得此半年空闲，幕天席地的日子，百忙中为我求安息，造物者！我对你安能不感谢？

日夜在空旷之中，我的注意就有了更动。早晨朝霞是否相同？夜中星辰曾否转移了位置？都成了我关心的事。在月亮左侧不远，一颗很光明的星，是每夜最使我注意的。自此稍右，三星一串，闪闪照人，想来不是"牵牛"就是"织女"。此外秋星窈窕，都罗列在我的枕前。就是我闭目宁睡之中，它们仍明明在上临照我，无声的环立，直到天明，将我交付与了朝霞，才又无声的历落隐入天光云影之中。

　　说到朝霞，我要搁笔，只能有无言的赞美。我所能说的就是朝霞颜色的变换，和晚霞恰恰相反。晚霞的颜色是自淡而浓，自金红而碧紫。朝霞的颜色是自浓而深，自青紫而深红，然后一轮朝日，从松岭捧将上来，大地上一切都从梦中醒觉。

　　便是不晴明的天气，夜卧听檐上夜雨，也是心宁气静。头两夜听雨的时候，忆起什么"……第一是难听夜雨！天涯倦旅，此时心事良苦……""洒空阶更阑未休……似楚江瞑宿，风灯零乱，少年羁旅……""……可惜流年，忧愁风雨，树犹如此……""……细雨梦回鸡塞远，小楼吹彻玉笙寒……"等句，心中很惆怅的，现在已好些了。小朋友！我笔不停挥，无意中写下这些词句。你们未必看过，也未必懂得，然而你们尽可不必研究。这些话，都在人情之中，你们长大时，自己都会写的，特意去看，反倒无益。

　　山中虽不大记得日月，而圣诞的观念，却充满在同院二十二个女孩的心中。二十四夜在楼前雪地中间的一棵松树上，结些灯彩，树巅一颗大星星，树下更挂着许多小的。那夜我照常卧在廊下，只有十二点钟光景，忽然柔婉的圣诞歌声，沉沉的将我从浓睡中引将出来。开眼一看，天上是月，地下是雪，中间一颗大灯星，和一个猛醒的人。这一切完全了一个透彻晶莹的世界！想起一千九百二十三年前，一个纯洁的婴孩，今夜出世，似他的完全的爱，似他的完全的牺牲，这个彻底光明柔洁的夜，原只是为他而有的。我侧耳静听，忆起旧作《天婴》中的两节：

马槽里可能睡眠？
　凝注天空——
这清亮的歌声，
　珍重的诏语，
　催他思索，
想只有泪珠盈眼，
　热血盈腔。

奔赴着十字架，
　奔赴着荆棘冠，
想一生何曾安顿？
　繁星在天，
　夜色深深，

开始的负上罪担千钧！

　　此时心定如冰，神清若水，默然肃然，直至歌声渐远，隐隐的只余山下孩童奔逐欢笑祝贺之声，我渐渐又入梦中。梦见冰仲肩着四弦琴，似愁似喜的站在我面前拉着最熟的调子是"我如何能离开你？"声细如丝，如不胜清怨，我凄婉而醒。天幕沉沉，正是圣诞日！

　　朝阳出来的时候，四围山中松梢的雪，都映出粉霞的颜色。一身似乎拥在红云之中，几疑自己已经仙去。正在凝神，看护妇已出来将我的床从廊上慢慢推到屋里，微笑着道了"圣诞大喜"，便捧进几十个红丝缠绕，白纸包裹的礼物来，堆在我的床上。一包一包的打开，五光十色的玩具和书，足足的开了半点钟。我喜极了，一刹那顷童心来复，忽然想要跑到母亲床前去，摇醒她，请她过目。猛觉一身在万里外！……只无聊的随便拿起一本书来，颠倒的，心不在焉的看。

　　这座楼素来没有火，冷清清的如同北冰洋一般。难得今天开了一天的汽管，也许人坐在屋里，觉得适意一点。果点和玩具和书，都堆叠在桌上，而弟弟们以及小朋友们却不能和我同乐。一室寂然，窗外微阴，雪满山中。想到如这回不病，此时正在纽约或华盛顿，尘途热闹之中，未必能有这般的清福可享，又从失意转成喜悦。

　　晚上院中也有一个庆贺的会，在三层楼下。那边露天学校的小孩子们也都来了，约有二十个。——那些孩子都是居此治疗的，那学校也是为他们开的。我还未曾下楼，不得多认识他们。想再有几天，许我游山的时候，一定去看他们上课游散的光景，再告诉你们些西半球带病行乐的小朋友们的消息——厅中一棵装点的极其辉煌的圣诞树，上面系着许多的礼物。医生一包一包的带下去，上面注有各人的名字，附着滑稽诗一首，是互相取笑的句子，那礼物也是极小却极有趣味的东西。我得了一支五彩漆管的铅笔，一端有个橡皮帽子，那首诗是：

> 亲爱的，你天天在床上写字，写字，
>
> 　必有一日犯了医院的规矩，
>
> 　墨水沾污了床单。
>
> 给你这一支铅笔，还有橡皮，
>
> 　好好的用罢，
>
> 可爱的孩子！

　　医生看护以及病人，把那厅坐满了。集合八国的人，老的少的，唱着同调的曲，也倒灯火辉煌，歌声嘹亮的过了一个完全的圣诞节。

　　二十六夜大家都觉乏倦了，鸦雀无声的都早去安息。雪地上那一颗灯星，却仍是明明远射。我关上了屋里的灯，倚窗而立，灯光入户，如同月光一般。忆起昨夜那些小孩子，接过礼物攒三集五，聚精凝神，一层层打开包裹的光景，正在出神。外间敲门，进来了一个希腊女孩子，她从沉黑中笑道，"好一个诗人呵！我不见灯光，以为你不在屋里呢！"我悄然一笑，才觉得自己是在山间万静之中。

自那时又起了乡愁——恕我不写了。此信到日，正是故国的新年，祝你们快乐平安！

冰心

1923年12月26日，沙穰疗养院。

通讯十二

小朋友：

满廊的雪光，开读了母亲的来信，依然不能忍的流下几滴泪。——四围山上的层层的松枝，载着白绒般的很厚的雪，沉沉下垂。不时的掉下一两片手掌大的雪块，无声的堆在雪地上。小松呵！你受造物的滋润是过重了！我这过分的被爱的心，又将何处去交卸！

小朋友，可怪我告诉过你们许多事，竟不曾将我的母亲介绍给你。——她是这么一个母亲：她的话句句使做儿女的人动心，她的字，一点一划都使做儿女的人下泪！

我每次得她的信，都不曾预想到有什么感触的，而往往读到中间，至少有一两句使我心酸泪落。这样深浓，这般诚挚，开天辟地的爱情呵！愿普天下一切有知，都来颂赞！

以下节录母亲信内的话，小朋友，试当她是你自己的母亲，你和她相离万里，你读的时候，你心中觉得怎样？

我读你《寄母亲》的一首诗，我忍不住下泪，以后你多来信，我就安慰多了！

十月十八日

我心灵是和你相连的。不论在做什么事，心中总是想起你来……

十月二十七日晴

我们是相依为命的。不论你在什么地方，做什么事情，你母亲的心魂，总绕在你的身旁，保护你抚抱你，使你安安稳稳一天一天的过去。

十一月九日

我每遇晚饭的时候，一出去看见你屋中电灯未熄，就仿佛你在屋里，未来吃饭似的，就想叫你，猛忆你不在家，我就很难过！

十一月二十二日

你的来信和相片，我差不多一天看了好几次，读了好几回。到夜中睡觉的时候，自然是梦魂飞越在你的身旁，你想做母亲的人，哪个不思念她的孩子？……

十一月二十六日

经过了几次的酸楚我忽发悲愿，愿世界上自始至终就没有我，永减母亲的思念。一转念纵使没有我，她还可有别的女孩子做她的女儿，她仍是一般的牵挂，不如世界上自始至终就没有母亲。——然而世界上古往今来百千万亿的母亲，又当如何？且我的母亲已经彻底的告诉我："做母亲的人，哪个不思念她的孩子！"

为此我透澈地觉悟，我死心塌地的肯定了我们居住的世界是极乐的。"母亲的爱"打千百转身，在世上幻出人和人，人和万物种种一切的互助和同情。这如火如荼的爱力，使这疲缓的人世，一步一步的移向光明！感谢上帝！经过了别离，我反复思寻印证，心潮几番动荡起落，自我和我的母亲，她的母亲，以及他的母亲接触之间，我深深的证实了我年来的信仰，绝不是无意识的！

真的，小朋友！别离之前，我不曾懂得母亲的爱动人至此，使人一心一念，神魂奔赴……我不须多说，小朋友知道的比我更彻底，我只愿这一心一念，永住永存，尽我在世的光阴，来讴歌颂扬这神圣无边的爱！圣保罗在他的书信里说过一句石破天惊的话，是："我为这福音的奥秘，做了带锁链的使者。"一个使者，却是带着奥妙的爱的锁链的！小朋友，请你们监察我，催我自强不息的来奔赴这理想的最高的人格！

这封信不是专为介绍我母亲的自身，我要提醒的是"母亲"这两个字。谁无父母，谁非人子？母亲的爱，都是一般；而你们天真中的经验，却千百倍的清晰浓挚于我！母亲的爱，竟不能使我在人前有丝毫的得意和骄傲，因为普天下没有一个没有母亲的孩子。小朋友，谁道上天生人有厚薄？无贫富，无贵贱，造物者都预备一个母亲来爱他。又试问鸿蒙初辟时，又哪里有贫富贵贱，这些人造的制度阶级？遂令当时人类在母亲的爱光之下，个个自由，个个平等！

你们有这个经验么？我往往有爱世上其他物事胜过母亲的时候。为着兄弟朋友，为着花鸟虫鱼，甚至于为着一本书一件衣服，和母亲违拗争执。当时只弄娇痴，就是母亲，也未曾介意。如今病榻上寸寸回想，使我有无限的惊悔。小朋友！为着我，你们自此留心，只有母亲是真爱你的。她的劝诫，句句有天大的理由。花鸟虫鱼的爱是暂时的，母亲的爱是永远的！时至今日，我偶然觉悟到，因着母亲，使我承认了世间一切其他的爱，又冷淡了世间一切其他的爱。

青山雪霁，意态十分清冷。廊上无人，只不时的从楼下飞到一两声笑语，真是幽静极了。造物者的意旨，何等的深沉呵！把我从岁暮的尘嚣之中，提将出来，叫我在深山万静之中，来辗转思索。

说到我的病，本不是什么大症候，也就无所谓痊愈，现在只要慢慢的休息着。只是逃了几个月的学，其中也有幸有不幸。

这是一九二三年的末一日，小朋友，我祝你们的进步。

冰心

1923年12月31日，青山沙穰。

通讯十三

亲爱的母亲：

这封信母亲看到时，不知是何情绪。——曾记得母亲有一个女儿，在母亲身畔二十年，曾招母亲欢笑，也曾惹母亲烦恼。六个月前，她竟横海去了。她又病了，在沙穰休息着。这封信便是她写的。

如今她自己寂然的在灯下，听见楼下悠扬凄婉的音乐，和阑旁许多女孩子的笑声，她只不出去。她刚复了几封国内朋友的信，她忽然心绪潮涌，是她到沙穰以来，第一次的惊心。人家问她功课如何？圣诞节曾到华盛顿纽约否？她不知所答。光阴从她眼前飞过，她一事无成，自己病着玩。

她如结的心，不知交给谁慰安好。——她倦弱的腕，在碎纸上纵横写了无数的"算未抵人间离别！"直到写了满纸，她自己才猛然惊觉，也不知这句从何而来！

母亲呵！我不应如此说，我生命中只有"花"，和"光"，和"爱"；我生命中只有祝福，没有咒诅。——但些时的怅惘，也该觉着罢！些时的悲哀而平静的思潮，永在祝福中度生活的我，已支持不住。看！小舟在怒涛中颠簸，失措的舟子，抱着樯竿，哀唤着"天妃"的慈号。我的心舟在起落万丈的思潮中震荡时，母亲！纵使你在万里外，写到"母亲"两个字在纸上时，我无主的心，已有了着落。

1月10日夜

昨夜写到此处，看护进来催我去睡。当时虽有无限的哀怨，而一面未尝不深幸有她来阻止我，否则尽着我往下写，不宁的思潮之中，不知要创造出怎样感伤的话来！

母亲！今日沙穰大风雨，天地为白，草木低头。晨五时我已觉得早霞不是一种明媚的颜色，惨绿怪红，凄厉得可怖！只有八时光景，风雨漫天而来，大家从廊上纷纷走进自己屋里，拼命的推着关上门窗。白茫茫里，群山都看不见了。急雨打进窗纱，直击着玻璃，从窗隙中溅进来。狂风循着屋脊流下，将水洞中积雨，吹得喷泉一般的飞洒。我的烦闷，都被这惊人的风雨，吹打散了。单调的生活之中，原应个大破坏。——我又忽然想到此时如在约克逊舟上，太平洋里定有奇景可观。

我们的生活是太单调了，只天天随着钟声起卧休息。白日的生涯，还不如梦中热闹。松树的绿意总不改，四围山景就没有变迁了。我忽然恨松柏为何要冬青，否则到底也有个红白绿黄的更换点缀。

为着止水般无聊的生活，我更想弟弟们了！这里的女孩子，只低头刺绣。静极的时候，连针穿过布帛的声音都可以听见。我有时也绣着玩，但不以此为日课；我看点书，写点字，

167

或是倚阑看村里的小孩子，在远处林外溜冰，或推小雪车，有一天静极忽发奇想，想买几挂大炮仗来放放，震一震这寂寂的深山，叫它发空前的回响。——这里，做梦也看不见炮仗。我总想得个发响的东西玩玩。我每每幻想有一管小手枪在手里，安上子弹，抬起枪来，一扳，砰的一声，从铁窗纱内穿将出去！要不然小气枪也好，……但这至终都是潜伏在我心中的幻梦。世界不是我一个人的，我不能任意的破坏沙穰一角的柔静与和平。

母亲！我童心已完全来复了。在这里最适意的，就是静悄悄的过个性的生活。人们不能随便来看，一定的时间和风雪的长途都限制了他们。于是我连一天两小时的无谓的周旋。有时都不必作。自己在门窗洞开，阳光满照的屋子里，或一角回廊上，三岁的孩子似的，一边忙忙的玩，一边呜呜的唱，有时对自己说些极痴的话。休息时间内，偶然睡不着，就自己轻轻的为自己唱催眠的歌。——一切都完全了，只没有母亲在我旁边！

一切思想，也都照着极小的孩子的径路奔放发展：每天卧在床上，看护把我从屋里推出廊外的时候，我仰视着她，心里就当她是我的乳母，这床是我的摇篮。我凝望天空，有三颗最明亮的星星。轻淡的云，隐起一切的星辰的时候，只有这三颗依然吐着光芒。其中的一颗距那两颗稍远，我当他是我的大弟弟，因为他稍大些，能够独立了。那两颗紧挨着，是我的二弟弟和小弟弟，他两个还小一点，虽然自己奔走游玩，却时时注意到其他的一个，总不敢远远跑开，他们知道自己的弱小，常常是守望相助。

这三颗星总是第一班从暮色中出来，使我最先看见；也是末一班在晨曦中隐去，在众星之后，和我道声"暂别"；因此发起了我的爱怜系恋，便白天也能忆起他们来。起先我有意在星辰的书上，寻求出他们的名字，时至今日，我不想寻求了，我已替他们起了名字，他们的总名是"兄弟星"。他们各颗的名字，就是我的三个弟弟的名字。

小弟弟呵，

我灵魂里三颗光明喜乐的星。

温柔的，

无可言说的，

灵魂深处的孩子呵！

——《繁星》四

如今重忆起来，不知是说弟弟，还是说星星！——自此推想下去，静美的月亮，自然是母亲了。我半夜醒来，开眼看见她，高高的在天上，如同俯着看我，我就欣慰，我又安稳的在她的爱光中睡去。早晨勇敢的灿烂的太阳，自然是父亲了。他从对山的树梢，雍容尔雅的上来，他又温和又严肃的对我说：

"又是一天了！"我就欢欢喜喜的坐起来，披衣从廊上走到屋里去。

此外满天的星宿，那是我的一切亲爱的人。这样便同时爱了星星，也爱了许多姊妹朋友。——只有小孩子的思想是智慧的，我愿永远如此想；我也愿永远如此信！

窗外仍是狂风雨，我偶然忆起一首诗：题目是《小神秘家》。是Louis Untermeyer做的，我录译于下；不知当年母亲和我坐守风雨的时候，我也曾说过这样如痴如慧的话没有？

The Young Mystic

We sat together close and warm，

　　My little tired boy and I—

　　Watching across the evening sky

The coming of the storm.

No rumblings rose，no thunders crashed，

　　The west-Wind scarcely sang loud；

　　But from a huge and solid cloud

The summer lightning flashed，

And then he whispered "Father，watch；

　　I think God's going to light His

　　moon"——

"And When，my boy" — "Oh very soon:
I saw Him strike a match！"

大意是：

我的困倦的儿子和我，
　　很暖和的相挨的坐着，
　　凝望着薄暮天空，
风雨正要来到。

没有隆隆的雷响，
　　西风也不着意的吹；
　　只在屯积的浓云中，
有电光闪烁。

这时他低声对我说："父亲，看看；
　　我想上帝要点上他的月亮了——"
　　"孩子，什么时候呢……""呀，快了。
我看见他划了取灯儿！"

风雨仍不止。山上的雪，雨打风吹，完全融化了。下午我
还要写点别的文字，我在此停住了。母亲，这封信我想也转给

小朋友们看一看，我每忆起他们，就觉得欠他们的债。途中通讯的碎稿，都在闭璧楼的空屋里锁着呢。她们正百计防止我写字，我不敢去向她们要。我素不轻许愿，无端破了一回例，遗我以日夜耿耿的心；然而为着小孩子，对于这次的许愿，我不曾有半星儿的追悔。只恨先忙后病的我对不起他们。——无限的乡心，与此信一齐收束起，母亲，真个不写了，海外山上养病的女儿，祝你万万福！

冰心

1924年1月11日，青山沙穰。

通讯十四

我的小朋友：

黄昏睡起，闲走着绕到西边回廊上，看一个病的女孩子。站在她床前说着话儿的时候，抬头看见松梢上一星朗耀，她说："这是你今晚第一颗见到的星儿，对它祝说你的愿望罢！"——同时她低低的度着一支小曲，是：

> Star light
>
> Star bright
>
> First star I see tonight
>
> Wish I may

Wish I might

Have the wish I wish tonight

　　小朋友：这是一支极柔媚的儿歌。我不想翻译出来。因为童谣完全以音韵见长，一翻成中国字，念出来就不好听，大意也就是她对我说的那两句话。——倘若你们自己能念，或是姊姊哥哥，姑姑母亲，能教给你们念，也就更好。——她说到此，我略不思索，我合掌向天说："我愿万里外的母亲，不太为平安快乐的我忧虑！"

　　扣计今天或明天，就是我母亲接到我报告抱病入山的信之日，不知大家如何商量谈论，长吁短叹；岂知无知无愁的我，正在此过起止水浮云的生活来了呢！

　　去年十二月十九日，我寄给国内朋友一封信，我说："沙穰疗养院，冷冰冰如同雪洞一般。我又整天的必须在朔风里。你们围炉的人，怎知我正在冰天雪地中，与造化挣命！"如今想起，又觉得那话说得太无谓，太怨望了，未曾听见挣命有如今这般温柔的挣法！

　　生，老，病，死，是人生很重大而又不能避免的事。无论怎样高贵伟大的人，对此切己的事，也丝毫不能为力。这时节只能将自己当作第三者，旁立静听着造化的安排。小朋友，我凝神看着造化轻舒慧腕，来安排我的命运的时候，我忍不住失声赞叹他深思和玄妙。

往常一日几次匆匆走过慰冰湖，一边看晚霞，一边心里想着功课。偷闲划舟，抬头望一望滟滟的湖波，低头看滴答滴答消磨时间的手表，心灵中真是太苦了，然而万没有整天的放下正事来赏玩自然的道理。造物者明明在上，看出了我的隐情，眉头一皱，轻轻的赐与我一场病，这病乃是专以抛撇一切，游泛于自然海中为治疗的。

如今呢？过的是花的生活，生长于光天化日之下，微风细雨之中；过的是鸟的生活，游息于山巅水涯，寄身于上下左右空气环围的巢床里；过的是水的生活，自在的潺潺流走；过的是云的生活，随意的袅袅卷舒。几十页几百页绝妙的诗和诗话，拿起来流水般当功课读的时候，是没有的了。如今不再干那愚拙煞风景的事，如今便四行六行的小诗，也慢慢的拿起，反复吟诵，默然深思。

我爱听碎雪和微雨，我爱看明月和星辰，从前一切世俗的烦忧，占积了我的灵府。偶然一举目，偶然一倾耳，便忙忙又收回心来，没有一次任它奔放过。如今呢，我的心，我不知怎样形容它，它如蛾出茧，如鹰翔空……

碎雪和微雨在檐上，明月和星辰在阑旁，不看也得看，不听也得听，何况病中的我，应以它们为第二生命。病前的我，愿以它们为第二生命而不能的呢？

这故事的美妙，还不止此，——"一天还应在山上走几里路"，这句话从滑稽式的医士口中道出的时候，我不知应如何的欢呼赞美他！小朋友！漫游的生涯，从今开始了！

山后是森林仄径，曲曲折折的在日影掩映中引去，不知有多少远近。我只走到一端，有大岩石处为止。登在上面眺望，我看见满山高高下下的松树。每当我要缥缈深思的时候，我就走这一条路。独自低首行来，我听见干叶枯枝，喊喊喳喳在树巅相语。草上的薄冰，踏着沙沙有声，这时节，林影沉荫中，我凝然黯然，如有所戚。

山前是一层层的大山地，爽阔空旷，无边无限的满地朝阳，层场的尽处，就是一个大冰湖，环以小山高树，是此间小朋友们溜冰处。我最喜在湖上如飞的走过。每逢我要活泼天机的时候，我就走这一条路。我沐着微暖的阳光，在树根下坐地，举目望着无际的耀眼生花的银海。我想天地何其大，人类何其小。当归途中冰湖在我足下溜走的时候，清风过耳，我欣然超然，如有所得。

三年前的夏日在北京西山，曾写了一段小文字，我不十分记得了，大约是：

只有早晨的深谷中

可以和自然对语。

计划定了

岩石点头

草花欢笑。

造物者！

　　在我们星驰的前途

　　　路站上

再遥遥的安置下

　　几个早晨的深谷！

　　原来，造物者为我安置下的几个早晨的深谷，却在离北京数万里外的沙穰，我何其"无心"，造物者何其"有意"？——我还忆起，有"空谷足音"，和杜甫的"绝代有佳人，幽居在空谷"的一首诗，小朋友读过么？我翻来覆去的背诵，只忆得"绝代有佳人，幽居在空谷；自云良家子，零落依草木……摘花不插发，采柏动盈掬——天寒翠袖薄，日暮倚修竹。"这八句来。黄昏时又去了。那时想起的，有"前不见古人，后不见来者，念天地之悠悠，独怆然而涕下。"归途中又诵"云无心以出岫，鸟倦飞而知还。景翳翳以将入，抚孤松而盘桓"。小朋友，愿你们用心读古人书，他们常在一定的环境中，说出你心中要说的话！

　　春天已在云中微笑，将临到了。那时我更有温柔的消息，报告你们。我逐日远走开去，渐渐又发现了几处断桥流水。试想看，胸中无一事留滞，日日南北东西，试揭自然的帘幕，蹑足走入仙宫……

　　这样的病，这样的人生，小朋友，请为我感谢。我的生命中是只有祝福，没有咒诅！

安息的时候已到，卧看星辰去了。小朋友，我以无限欢喜的心，祝你们多福。

冰心

1924年1月15日夜，沙穰。

广厅上，四面绿帘低垂。几个女孩子，在一角窗前长椅上，低低笑语。一角话匣子里奏着轻婉的提琴。我在当中的方桌上，写这封信。一个女孩子坐在对面为我画像，她时时唤我抬头看她。我听一听提琴和人家的笑语，一面心潮缓缓流动，一面时时停笔凝神。写完时重读一过，觉得太无次序了，前言不对后语的。然而的确是欢乐的心泉流过的痕迹，不复整理，即付晚邮。

通讯十五

仁慈的小朋友：

若是在你们天大的爱心里，还有空隙，我愿介绍几个可爱的女孩子，愿你们加以怜念！

M住在我的隔屋，是个天真漫烂又是完全神经质的女孩子。稍大的惊和喜，都能使她受极大的激刺和扰乱。她卧病已经四年半了，至今不见十分差减，往往刚觉得好些，夜间热度就又高起来，看完体温表，就听得她伏枕呜咽。她有个完全美满的家庭，却因病隔离了。——我的童心，完全是她引起的。她往往坐在床上自己喃喃的说："我父亲爱我，我母亲爱我，我爱……"我就倾耳听她底下说什么，她却是说"我爱自己"。我不觉笑了，她也笑了。她的娇憨凄苦的样子，得了许多女伴的爱怜。

R又在M的隔屋，她被一切人所爱，她也爱了一切的人。又非常的技巧，用针用笔，能做许多奇巧好玩的东西。这些日子，正跟着我学中国文字。我第一天教给她"天""地""人"三字。她说："你们中国人太玄妙了，怎么初学就念这样高大的字，我们初学，只是'猫''狗'之类。"我笑了，又觉得她说的有理，她学得极快，口音清楚，写的字也很方正。此外医院中天气表是她测量，星期日礼拜是她弹琴，病人阅看的报纸，是她照管，图书室的钥匙，也在她手里。她短发齐颈，爱好天然，她住院已经六个月了。

E只有十八岁，昨天是她的生日。她没有父母，只有哥哥，十九个月前，她病得很重，送到此处。现在可谓好一点，但还是很瘦弱。她喜欢叫人"妈妈"或"姊姊"。她急切的想望人家的爱念和同情，却又能隐忍不露，常常在寂寞中竭力的使自己活泼欢悦。然而每次在医生注射之后，屋门开处，看见她埋首在高枕之中，宛转流涕——这样的华年！这样的人生！

D是个爱尔兰的女孩子，和我谈话之间常常问我的家庭状况，尤其常要提到我的父亲，我只是无心的问答。后来旁人告诉我，她的父亲纵酒狂放，醉后时时虐待他的儿女。她的家庭生活，非常的凄苦不幸。她因躲避父亲，和祖母住在一处，听到人家谈到亲爱时，往往流泪。昨天我得到家书，正好她在旁边，她似羡似叹的问道："这是你父亲写的么，多么厚的一封信呵！"幸而她不认得中国字，我连忙说："不是，这是我母亲写的，我父亲很忙，不常写信给我。"她脸红微笑，又似释然。其实每次我的家书，都是父母弟弟每人几张纸！我以为人生最大的不幸，就是失爱于父母。我不能闭目推想，也不敢闭目揣想。可怜的带病而又心灵负着重伤的孩子！

　　A住在院后一座小楼上，我先不常看见她。从那一次在餐室内偶然回首，无意中她顾我微微一笑，很长的睫毛之下，流着幽娴贞静的眼光，绝不是西方人的态度。出了餐室，我便访到她的名字，和住处。那天晚上，在她的楼里，谈了半点钟的话，惊心于她的腼腆与温柔；谈到海景，她竟赠我一张灯塔的图画。她来院已将两年，据别人说没有什么起色。她终日卧在一角小廊上，廊前是曲径深林，廊后是小桥流水。她告诉我每遇狂风暴雨，看着凄清的环境，想到"人生"两字，辄惊动不怡。我安慰她，她也感谢，然而彼此各有泪痕！

　　痛苦的人，岂止这几个？限于精神，我不能多述了！

　　今早黎明即醒。晓星微光，万松淡雾之中，我披衣起坐。

举眼望到廊的尽处，我凝注着短床相接，雪白的枕上，梦中转侧的女孩子。只觉得奇愁黯黯，横空而来。生命中何必有爱，爱正是为这些人而有！这些痛苦的心灵，需要无限的同情与怜念。我一人究竟太微小了，仰祷上天之外，只能求助于万里外的纯洁伟大的小朋友！

小朋友！为着跟你们通讯，受了许多友人严峻的责问，责我不宜只以悱恻的思想，贡献你们。小朋友不宜多看这种文字，我也不宜多写这种文字。为小朋友和我两方精神上的快乐与安平，我对于他们的忠告，只有惭愧感谢。然而人生不止欢乐滑稽一方面，病患与别离，只是带着酸汁的快乐之果。沉静的悲哀里，含有无限的庄严。伟大的人生中，是需要这种成分的。范仲淹说："先天下之忧而忧。"佛说："我不入地狱，谁入地狱？"何况这一切本是组成人生的原素，耳闻，眼见，身经，早晚都要了解知道的，何必要隐瞒着可爱的小朋友？我偶然这半年来先经历了这些事，和小朋友说说，想来也不是过分的不宜。

我比她们强多了，我有快乐美满的家庭，在第一步就没有摧伤思想的源路。我能自在游行，寻幽访胜，不似她们缠绵床褥，终日对着恹恹一角的青山。我横竖已是一身客寄，在校在山，都是一样；有人来看，自然欢喜，没有人来，也没有特别的失望与悲哀。她们乡关咫尺，却因病抛离父母，亲爱的人，每每因天风雨雪，山路难行，不能相见，于是怨嗟悲叹。整年整月，置身于怨望痛苦之中，这样的人生！

一而二，二而三的推想下去，世界上的幼弱病苦，又岂止沙穰一隅？小朋友，你们看见的，也许比我还多。扶持慰藉，是谁的责任？见此而不动心呵！空负了上天付与我们的一腔热烈的爱！

所以，小朋友，我们所能做到的，一朵鲜花，一张画片，一句温和的慰语，一回殷勤的访问，甚至于一瞥哀怜的眼光，在我们是不觉得用了多少心，而在单调的枯苦生活，度日如年的病者，已是受了如天之赐。访问已过，花朵已残，在我们久已忘却之后，他们在幽闲的病榻上，还有无限的感谢，回忆与低徊！

我无庸多说，我病中曾受过几个小朋友的赠与。在你们完全而浓烈的爱心中，投书馈送，都能锦上添花，做到好处。小朋友，我无有言说，我只合掌赞美你们的纯洁与伟大。

如今我请你们纪念的这些人，虽然都在海外，但你们忆起这许多苦孩子时，或能以意会意，以心会心的体恤到眼前的病者。小朋友，莫道万里外的怜悯牵萦，没有用处，"以伟大思想养汝精神"！日后帮助你们建立大事业的同情心，便是从这零碎的怜念中练达出来的。

风雪的廊上，写这封信，不但手冷，到此心思也冻凝了。无端拆阅了波士顿中国朋友的一封书，又使我生无穷的感慨。她提醒了我！今日何日，正是故国的岁除，红灯绿酒之间，不知有多少盈盈的笑语。这里却只有寂寂风雪的空山……不写了，你们的热情忠实的朋友，在此遥祝你们有个完全欢庆的新年！

冰心

1924年2月4日，沙穰。

通讯十六

二弟冰叔：

接到你两封冗长而恳挚的信，使我受了无限的安慰。是的！"从松树隙间穿过的阳光，就是你弟弟问安的使者；晚上清凉的风，就是骨肉手足的慰语！"好弟弟！我喜爱而又感激你的满含着诗意的慰安的话！

出乎意外的又收到你赠我的历代名人词选，我喜欢到不可言说。父亲说恐怕我已有了，我原有一部古今词选，放在闭璧楼的书架上了。可恨我一写信要中国书，她们便有百般的阻拦推托。好像凡是中国书都是充满着艰深的哲理，一看就费人无限的脑力似的。

不忍十分的违反她们的好意，我终于反复的只看些从病院中带来的短诗了。我昨夜收到词选，珍重的一页一页的看着，一面想，难得我有个知心的小弟弟。

这部词，选得似乎稍偏于纤巧方面，错字也时时发现。但大体说起来，总算很好。

你问我去国前后，环境中诗意哪处更足？我无疑地要说，"自然是去国后！"在北京城里，不能晨夕与湖山相对，这是第一条件。再一事，就是客中的心情，似乎更容易融会诗句。

离开黄浦江岸，在太平洋舟中，青天碧海，独往独来之间，我常常忆起"海水直下万里深，谁人不言此离苦"两句。因为我无意中看到同舟众人，当倚阑俯视着船头飞溅的浪花的时候，眉宇间似乎都含着轻微的凄恻的意绪。

到了威尔斯利，慰冰湖更是我的唯一的良友。或是水边，或是水上，没有一天不到的。母亲寿辰的前一日，又到湖上去了，临水起了乡思，忽然忆起左辅的"浪淘沙"词：

"水软橹声柔，草绿芳洲，碧桃几树隐红楼；者是春山魂一片，招入孤舟。乡梦不曾休，惹甚闲愁？忠州过了又涪州；掷与巴江流到海，切莫回头！"

觉得情景悉合，随手拾起一片湖石，用小刀刻上："乡梦不曾休，惹甚闲愁？"两句，远远地抛入湖心里，自己便头也不回的走转来。这片小石，自那日起，我信它永在湖心，直到天地的尽头。只要湖水不枯，湖石不烂，我的一片寄托此中的乡心，也永古不能磨灭的！

美国人家，除城市外，往往依山傍水，小巧精致，窗外篱旁，杂种着花草，真合"是处人家，绿深门户"词意。只是没有围墙，空阔有余，深邃不足。路上行人，隔窗可望见翠袖红妆，可听见琴声笑语。词中之"斜阳却照深深院"，"庭院深深深几许"，"不卷珠帘，人在深深处"，"墙内秋千墙外道"，"银汉是红墙，一带遥相隔"等句，在此都用不着了！

田野间林深树密，道路也依着山地的高下，曲折蜿蜒的修来，天趣盎然。想春来野花遍地之时，必是更幽美的。只是逾山越岭的游行，再也看不见一带城墙僧寺。"曲径通幽处，禅房草木深"，"花宫仙梵远微微，月隐高城钟漏稀"，"一片孤城万仞山"，"饮将闷酒城头睡"，"长烟落日孤城闭"，"帘卷疏星庭户悄，隐隐严城钟鼓"等句，在此又都用不着了！

总之，在此处处是"新大陆"的意味，遍地看出鸿蒙初辟的痕迹。国内一片苍古庄严，虽然有的只是颓废剥落的城垣宫殿，却都令人起一种"仰首欲攀低首拜"之思，可爱可敬的五千年的故国呵！

回忆去夏南下，晨过苏州，火车与城墙并行数里。城内湿烟濛濛，护城河里系着小舟，层塔露出城头，竟是一幅图画。那时我已想到出了国门，此景便不能再见了！

说到山中的生活，除了看书游山，与女伴谈笑之外，竟没有别的日课。我家灵运公的诗，如"寝瘵谢人徒，灭迹入云峰，岩壑寓耳目，欢爱隔音容"，以及"昔余游京华，未尝废丘壑，矧乃归山川，心迹双寂寞……卧疾丰暇豫，翰墨时间作，怀抱观古今，寝食展戏谑……万事难并欢，达生幸可托"等句，竟将我的生活描写尽了，我自己更不须多说！

又猛忆起杜甫的"思家步月清宵立，忆弟看云白日眠"和苏东坡的"因病得闲殊不恶，安心是药更无方"，对我此时生活而言，直是一字不可移易！青山满山是松，满地是雪，月下景物清幽到不可描画，晚餐后往往至楼前小立，寒光中自不免小起乡愁。又每日午后三时至五时是休息时间，白天里如何睡得着？自然只卧看天上云起，尤往往在此时复看家书，联带的忆到诸弟。——冰仲怕我病中不能多写通讯，岂知我病中较闲，心境亦较清，写的倒比平时多。又我自病后，未曾用一点药饵，真是"安心是药更无方"了。

多看古人句子，令自己少写好些。一面欣与古人契合，一面又有"恨不踊身千载上，趁古人未说吾先说"之叹。——说的已多了，都是你一部词选，引我掉了半天书袋，是谁之过呢？一笑！

青山真有美极的时候。二月七日，正是五天风雪之后，万株树上，都结上一层冰壳。早起极光明的朝阳从东方捧出，照得这些冰树玉枝，寒光激射。下楼微步雪林中曲折行来，偶然回顾，一身自冰玉丛中穿过。小楼一角，隐隐看见我的帘幕。虽然一般的高处不胜寒，而此琼楼玉宇，竟在人间，而非天上。

九日晨同女伴乘雪橇出游。双马飞驰，绕遍青山上下。一路林深处，冰枝拂衣，脆折有声。白雪压地，不见寸土，竟是洁无纤尘的世界。最美的是冰珠串结在野樱桃枝上，红白相间，晶莹向日，觉得人间珍宝，无此璀璨！

途中女伴遥指一发青山，在天末起伏。我忽然想真个离家远了，连青山一发，也不是中原了。此时忽觉悠然意远。——弟弟！我平日总想以"真"为写作的唯一条件，然而算起来，不但是去国以前的文字不"真"，就是去国以后的文字，也没有尽"真"的能事。

我深确的信不论是人情，是物景，到了"尽头"处，是万万说不出来，写不出来的。纵然几番提笔，几番欲说，而语言文字之间，只是搜寻不出配得上形容这些情绪景物的字眼，结果只是搁笔，只是无言。十分不甘泯没了这些情景时，只能随意描摹几个字，稍留些印象。甚至于不妨如古人之结绳记事一般，胡乱画几条墨线在纸上。只要他日再看到这些墨迹时，能在模糊缥缈的意境之中，重现了一番往事，已经是满足有余的了。

去国以前，文字多于情绪。去国以后，情绪多于文字。环境虽常是清丽可写，而我往往写不出。辛幼安的一支"罗敷媚"说：

"少年不识愁滋味，爱上层楼，爱上层楼，为赋新词强说愁。而今识得愁滋味，欲说还休，欲说还休，却道天凉好个秋。"

真看得我寂然心死。他虽只说"愁"字，然已盖尽了其他种种一切！——真不知文字情绪不能互相表现的苦处，受者只有我一个人，或是人人都如此？

北京谚语说："八月十五云遮月，正月十五雪打灯。"去年中秋，此地不曾有月。阴历十四夜，月光灿然。我正想东方谚语，不能适用于西方天象，谁知元宵夜果然雨雪霏霏。十八夜以后，夜夜梦醒见月。只觉空明的枕上，梦与月相续。最好是近两夜，醒时将近黎明，天色碧蓝，一弦金色的月，不远对着弦月凹处，悬着一颗大星。万里无云的天上，只有一星一月，光景真是奇丽。

元夜如何？——听说醉司命夜，家宴席上，母亲想我难过，你们几个兄弟倒会一人一句的笑话慰藉，真是灯草也成了挂杖了！喜笑之余，并此感谢。

纸已尽，不多谈。——此信我以为不妨转小朋友一阅。

冰心

1924年3月1日，青山沙穰。

通讯十七

小朋友：

健康来复的路上，不幸多歧，这几十天来懒得很；雨后偶然看见几朵浓黄的蒲公英，在匀整的草坡上闪烁，不禁又忆起一件事。

一月十九晨，是雪后浓阴的天。我早起游山，忽然在积雪中，看见了七八朵大开的蒲公英。我俯身摘下握在手里，——真不知这平凡的草卉，竟与梅菊一样的耐寒。我回到楼上，用条黄丝带将这几朵缀将起来，编成王冠的形式。人家问我做什么，我说："我要为我的女王加冕。"说着就随便的给一个女孩子戴上了。

大家欢笑声中，我只无言的卧在床上——我不是为女王加冕，竟是为蒲公英加冕了。蒲公英虽是我最熟识的一种草花，但从来是被人轻忽，从来是不上美人头的。今日因着情不可却，我竟让她在美人头上，照耀了几点钟。

蒲公英是黄色，叠瓣的花，很带着菊花的神意，但我也不曾偏爱她。我对于花卉是普遍的爱怜。虽有时不免喜欢玫瑰的浓郁，和桂花的清远，而在我忧来无方的时候，玫瑰和桂花也一样的成粪土。在我心情怡悦的一刹那顷，高贵清华的菊花，也不能和我手中的蒲公英来占夺位置。

世上的一切事物，只是百千万面大大小小的镜子，重叠对照，反射又反射；于是世上有了这许多璀璨辉煌，虹影般的光彩。没有蒲公英，显不出雏菊，没有平凡，显不出超绝。而且不能因为大家都爱雏菊，世上便消灭了蒲公英；不能因为大家都敬礼超人，世上便消灭了庸碌。即使这一切都能因着世人的爱憎而生灭，只恐到了满山满谷都是菊花和超人的时候，菊花的价值，反不如蒲公英，超人的价值，反不及庸碌了。

所以世上一物有一物的长处，一人有一人的价值。我不能偏爱，也不肯偏憎。悟到万物相衬托的理，我只愿我心如水，处处相平。我愿菊花在我眼中，消失了她的富丽堂皇，蒲公英也解除了她的局促羞涩，博爱的极端，翻成淡漠。但这种普遍淡漠的心，除了博爱的小朋友，有谁知道？

书到此，高天萧然，楼上风紧得很，再谈了，我的小朋友！

冰心

1924年5月9日，沙穰疗养院。

通讯二十

小朋友：

水畔驰车，看斜阳在水上泼散出的闪烁的金光，晚风吹来，春衫嫌薄。这种生涯，是何等的宜于病后呵！

在这里，出游稍远便可看见水。曲折行来，道滑如拭。重重的树阴之外，不时倏忽的掩映着水光。我最爱的是玷池（Spot pond），称她为池真委屈了，她比小的湖还大呢！——有三四个小岛在水中央，上面随意地长着小树。池四围是丛林，绿意浓极。每日晚餐后我便出来游散，缓驰的车上，湖光中看遍了美人芳草！——真是"水边多丽人"。看三三两两成群携手的人儿，男孩子都去领卷袖，女孩子穿着颜色极明艳的夏衣，短发飘拂，轻柔的笑声，从水面，从晚风中传来，非常的浪漫而潇洒。到此猛忆及曾晳对孔子言志，在"暮春者"之后，"浴乎沂风乎舞雩"之前，加上一句"春服既成"，遂有无限的飘扬态度，真是千古隽语！

此外的如玄妙湖（Mystic Lake），侦池（Spy pond），角池（Horn pond）等处，都是很秀丽的地方。大概湖的美处在"明媚"。水上的轻风，皱起万叠微波，湖畔再有芊芊的芳草，再有青青的树林，有平坦的道路，有曲折的白色阑干，黄昏时便是天然的临眺乘凉的所在。湖上落日，更是绝妙的画图。夜中归去，长桥上两串徐徐互相往来移动的灯星，颗颗含着凉意。若是明月中天，不必说，光景尤其宜人了！

前几天游大西洋滨岸（Revere Beach），沙滩上游人如蚁。或坐或立，或弄潮为戏，大家都是穿着泅水衣服。沿岸两三里的游艺场，乐声沨沨，人声嘈杂。小孩子们都在铁马铁车上，也有空中旋转车，也有小飞艇，五光十色的。机关一动，都纷纷奔驰，高举凌空。我看那些小朋友们都很欢喜得意的！

这里成了"人海"，如蚁的游人，盖没了浪花。我觉得无味。我们掀转车来，直到娜罕（Nahant）去。

渐渐的静了下来。还在树林子里，我已迎到了冷意侵人的海风。再三四转，大海和岩石都横到了眼前！这是海的真面目呵。浩浩万里的蔚蓝无底的洪涛，壮厉的海风，蓬蓬的吹来，带着腥咸的气味。在闻到腥咸的海味之时，我往往忆及童年拾卵石贝壳的光景，而惊叹海之伟大。在我抱肩迎着吹人欲折的海风之时，才了解海之所以为海，全在乎这不可御的凛然的冷意！

在嶙峋的大海石之间，岩隙的树阴之下，我望着卵岩（Egg Rock），也看见上面白色的灯塔。此时静极，只几处很精致的避暑别墅，悄然的立在断岩之上。悲壮的海风，穿过丛林，似乎在奏"天风海涛"之曲。支颐凝坐，想海波尽处，是群龙见首的欧洲，我和平的故乡，比这可望不可即的海天还遥远呢！

故乡没有这明媚的湖光，故乡没有汪洋的大海，故乡没有葱绿的树林，故乡没有连阡的芳草。北京只是尘土飞扬的街道，泥泞的小胡同，灰色的城墙，流汗的人力车夫的奔走。我的故乡，我的北京，是一无所有！

小朋友，我不是一个乐而忘返的人，此间纵是地上的乐园，我却仍是"在客"。我寄母亲信中曾说：

……北京似乎是一无所有！——北京纵是一无所有，然已有了我的爱。有了我的爱，便是有了一切！灰色的城围里，住着我最宝爱的一切的人。飞扬的尘土呵，何时容我再嗅着我故乡的香气……

易卜生曾说过，"海上的人，心潮往往和海波一般的起伏动荡"。而那一瞬间静坐在岩上的我的思想，比海波尤加一倍的起伏。海上的黄昏星已出，海风似在催我归去。归途中很怅惘。只是还买了一筐新从海里拾出的蛤蜊。当我和车边赤足捧筐的孩子问价时，他仰着通红的小脸笑向着我。他岂知我正默默的为他祝福，祝福他终身享乐此海上拾贝的生涯！

谈到水，又忆起慰冰来。那天送一位日本朋友回南那铁（South Natick）去，道经威尔斯利。车驰穿校址，我先看见圣卜生疗养院，门窗掩闭的凝立在山上。想起此中三星期的小住，虽仍能微笑，我心实凄然不乐。再走已见了慰冰湖上闪烁的银光，我只向她一瞥眼。闭璧楼塔院等等也都从眼前飞过。年前的旧梦重寻，中间隔以一段病缘，小朋友当可推知我黯然的心理！

又是在行色匆匆里，一两天要到新汉寿（New Hampshire）去。似乎又是在山风松涛之中，到时方可知梗概。晚风中先草此，暑天宜习静，愿你们多写作！

冰心

1924年7月22日，默特佛。

通讯二十八

亲爱的娘：

今晨得到冰仲弟自京寄来的《寄小读者》。匆匆的翻了一过，我止水般的热情，重复荡漾了起来！亲爱的母亲！我的脚已踏着了祖国的田野，我心中复杂的蕴结着欢慰与悲凉！念七日的黄昏，三年前携我远游的约克逊号，徐徐的驶进吴淞口岸的时候，我抱柱而立。迎着江上吹面不寒的和风，我心中只掩映着母亲的慈颜。三年之别，我并不曾改，我仍是三年前母亲的娇儿，仍是念余年前母亲怀抱中的娇儿！

上海苦热，回忆船上海风中看明月的情景，真是往事都成陈迹！念六夜海波如吼，水影深黑，只在明月与我之间，在水上铺成一条闪烁碎光的道路。看着船旁烨然飞溅的浪花，这一星星都迸碎了我远游之梦！母亲，你是大海，我只是刹那间溅跃的浪花。虽暂时在最低的空间上，幻出种种的闪光，而在最短的时间中，即又飞进母亲的怀里。母亲！我美游之梦，已在欠伸将觉之中。祖国的海波，一声声的洗淡了我心中个个的梦中人影。母亲！梦中人只是梦中人，除了你，谁是我永久灵魂之归宿？

念七晨我未明即起，望见了江上片片祖国的帆影之后，我已不能再睡觉！我俯在圆窗上看满月西落，紫光欲退，而东方天际的明霞，又已报我以天光的消息！母亲，为了你，万里归来的女儿，都觉得这些国外也常常看见的残月朝晖，这时却都予我以极浓热的慕恋的情意。

母亲，我只是一个山陬海隅的孩子，一个北方乡野的孩子。上海实在住不了！长裙短衫，蝶翅般的袖子，油光的头，额上不自然的剪下三四缕短发。这般千人一律，不个性的打扮，我觉得心烦而又畏怯。这里热得很，哥哥姊姊们又喜欢灌我酒。前晚喝的是"大宛香"，还容易下咽，今夜是"白玫瑰露"，真把我吃醉了。匆匆的走上楼来和衣而卧。酒醒已是中夜，明月正当着我的窗户。朦胧中记得是离家已近，才免去那"杨柳岸晓风残月"的悲哀。

母亲！你看我写的歪斜的字，嫂嫂笑说我仍在病酒！我定八月二夜北上了。我爱母亲！我怕热，我不会吃酒，还是回家好！

这封信转小朋友看看不妨事罢？

还家的女儿

7月30日，上海。

通讯二十九

最亲爱的小读者：

我回家了！这"回家"二字中我迸出了感谢与欢欣之泪！

三年在外的光阴，回想起来，曾不如流波之一瞥。我写这信的时候，小弟冰季守在旁边。窗外，红的是夹竹桃，绿的是杨柳枝，衬以北京的蔚蓝透彻的天。故乡的景物，——回到眼前来了！

小朋友！你若是不曾离开中国北方，不曾离开到三年之久，你不会赞叹欣赏北方蔚蓝的天！清晨起来，揭帘外望，这一片海波似的青空，有一两堆洁白的云，疏疏的来往着，柳叶儿在晓风中摇曳，整个的送给你一丝丝凉意。你觉得这一种"冷处浓"的幽幽的乡情，是异国他乡所万尝不到的！假如你是一个情感较重的人，你会兴起一种似欢喜非欢喜。似怅惘非怅惘的情绪。站着痴望了一会子，你也许会流下无主、皈依之泪！

在异国，我只遇见了两次这种的云影天光。一次是前年夏日在新汉寿（New Hampshire）白岭之巅。我午睡乍醒，得了英伦朋友的一封书，是一封充满了友情别意，并描写牛津景物写到引人入梦的书。我心中杂糅着怅惘与欢悦，带着这信走上山巅去，猛然见了那异国的蓝海似的天！四围山色之中，这油然一碧的天空，充满了一切。漫天匝地的斜阳，酿出西边天际一两抹的绛红深紫。这颜色须臾万变，而银灰，而鱼肚白，倏然间又转成灿然的黄金。万山沉寂，因着这奇丽的天末的变幻，似乎太空有声！如波涌，如鸟鸣，如风啸，我似乎听到了那夕阳下落的声音。这时我骤然间觉得弱小的心灵被这伟大的印象，升举到高空，又倏然间被压落在海底！我觉出了造化的庄严，一身之幼稚，病后的我，在这四周艳射的景象中，竟伏于纤草之上，呜咽不止！

还有一次是今年春天，在华京（Washington D.C.）之一晚。我从枯冷的纽约城南行，在华京把"春"寻到！在和风中我坐近窗户，那时已是傍晚，这国家妇女会（National Women's Party）舍，正对着国会的白楼。半日倦旅的眼睛，被这楼后的青天唤醒！海外的小朋友！请你们饶恕我，在我倏忽的惊叹了国会的白楼之前，两年半美国之寄居，我不曾觉出她是一个庄严的国度！

这白楼在半天矗立着，如同一座玲珑洞开的仙阁。被楼旁的强力灯逼射着，更显得出那楼后的青空。两旁也是伟大的白石楼舍。楼前是极宽阔的白石街道。雪白的球灯，整齐的映照着。路上行人，都在那伟大的景物中，寂然无声。这种天国似的静默，是我到美国以来第一次寻到的。我寻到了华京与北京相同之点了！

我突起的乡思，如同一个波澜怒翻的海！把椅子推开，走下这一座万静的高楼，直向大图书馆走去。路上我觉得有说不出的愉快与自由。杨柳的新绿，摇曳着初春的晚风。熟客似的，我走入大阅书室，在那里写着日记。写着忽然忆起陆放翁的"唤作主人元是客，知非吾土强登楼"的两句诗来。细细咀嚼这"唤"字和"强"字的意思，我的意兴渐渐的萧索了起来！

我合上书，又洋洋的走了出去。出门来一天星斗。我长吁一口气。——看见路旁一辆手推的篷车，一个黑人在叫卖炒花生栗子。我从病后是不吃零食的，那时忽然走上前去，买了两包。那灯下黝黑的脸，向我很和气的一笑，又把我强寻的乡梦搅断！我何尝要吃花生栗子？无非要强以华京作北京而已！

　　写到此我腕弱了，小朋友，我觉得不好意思告诉你们，我回来后又一病逾旬，今晨是第一次写长信。我行程中本已憔悴困顿，到家后心里一松，病魔便乘机而起。我原不算是十分多病的人，不知为何，自和你们通讯，我生涯中便病忙相杂，这是怎么说的呢！

　　故国的新秋来了。新愈的我，觉得有喜悦的萧瑟！还有许多话，留着以后说罢，好在如今我离着你们近了！

　　你热情忠实的朋友，在此祝你们的喜乐！

冰心

1926年8月31日，圆恩寺。

山中杂记（节选）

——遥寄小朋友

　　大夫说是养病，我自己说是休息，只觉得在拘管而又浪漫的禁令下，过了半年多。这半年中有许多在童心中可惊可笑的事，不足为大人道。只盼他们看到这几篇的时候，唇角下垂，鄙夷的一笑，随手的扔下。而有两三个孩子，拾起这一张纸，渐渐的感起兴味，看完又彼此嬉笑，说，传递；我就已经有说不出的喜欢！本来我这两天有无限的无聊。天下许多事都没有道理，比如今天早起那样的烈日，我出去散步的时候，热得头昏。此时近午，却又阴云密布，大风狂起。廊上独坐，除了胡写，还有什么事可做呢？

　　　　　　　　　　　　　　　　1924年6月22日，沙穰。

一　我怯弱的心灵

　　我小的时候，也和别的孩子一样，非常的胆小。大人们又爱逗我，我的小舅舅说什么《聊斋》，什么《夜谈随录》，都是些僵尸，白面的女鬼等等。在他还说着的时候，我就不自然的惴惴的四顾，塞坐在大人中间，故意的咳嗽。睡觉的时候，看着帐门外，似乎出其不意的也许伸进一只鬼手来。我只这样想着，便用被将自己的头蒙得严严地，结果是睡得周身是汗！

十三四岁以后，什么都不怕了。在山上独自中夜走过丛冢，风吹草动，我只回头凝视。满立着狰狞的神像的大殿，也敢在阴暗中小立。母亲屡屡说我胆大，因为她像我这般年纪的时候，还是怯弱的很。

我白日里的心，总是很宁静，很坚强，不怕那些看不见的鬼怪。只是近来常常在梦中，或是在将醒未醒之顷，一阵悚然，从前所怕的牛头马面，都积压了来，都聚围了来。我呼唤不出，只觉得怕得很，手足都麻木，灵魂似乎蜷曲着。挣扎到醒来，只见满山的青松，一天的明月。洒然自笑，——这样怯弱的梦，十年来已绝不做了，做这梦时，又有些悲哀！童年的事都是有趣的，怯弱的心情，有时也极其可爱。

二 埋存与发掘

山中的生活，是没有人理的。只要不误了三餐和试验体温的时间，你爱做什么就做什么，医生和看护都不来拘管你。正是童心乘时再现的时候，从前的爱好，都拿来重温一遍。

美国不是我的国，沙穰不是我的家。偶以病因缘，在这里游戏半年，离此后也许此生不再来。不留些纪念，觉得有点过意不去，于是我几乎每日做埋存与发掘的事。

我小的时候，最爱做这些事：墨鱼脊骨雕成的小船，五色纸粘成的小人等等，无论什么东西，玩够了就埋起来。树叶上写上字，掩在土里。石头上刻上字，投在水里。想起来时就去发掘看看，想不起来，也就让它悄悄的永久埋存在那里。

病中不必装大人，自然不妨重做小孩子！游山多半是独行，于是随时随地留下许多纪念，名片，西湖风景画，用过的纱巾等等，几乎满山中星罗棋布。经过芍药花下，流泉边，山亭里，都使我微笑，这其中都有我的手泽！兴之所至，又往往去掘开看看。

有时也遇见人，我便扎煞着泥污的手，不好意思的站了起来。本来这些事很难解说。人家问时，说又不好，不说又不好，迫不得已只有一笑。因此女伴们更喜欢追问，我只有躲着她们。

那一次一位旧朋友来，她笑说我近来更孩子气，更爱脸红了。童心的再现，有时使我不好意思是真的，半年的休养，自然血气旺盛，脸红那有什么爱不爱的可言呢？

四　雨雪时候的星辰

寒暑表降到冰点下十八度的时候，我们也是在廊下睡觉。

每夜最熟识的就是天上的星辰了。也不过只是点点闪烁的光明，而相看惯了，偶然不见，也有些想望与无聊。

连夜雨雪，一点星光都看不见。荷和我拥衾对坐，在廊子的两角，遥遥谈话。

荷指着说，"你看维纳司（Venus）升起了！"我抬头望时，却是山路转折处的路灯。我怡然一笑，也指着对山的一星灯火说："那边是周彼得（Jupiter）呢！"

愈指愈多，松林中射来零乱的风灯，都成了满天星宿。真的，雪花隙里，看不出天空和山林的界限，将繁灯当作繁星，简直是抵得过。

一念至诚的将假作真，灯光似乎都从地上飘起。这幻成的星光，都不移动，不必半夜梦醒时，再去追寻它们的位置。

于是雨雪寂寞之夜，也有了慰安了！

七 说几句爱海的孩气的话

白发的老医生对我说："可喜你已大好了。城市于你不宜，今夏海滨之行，也是取消了为妙。"

这句话如同平地起了一个焦雷！

学问未必都在书本上。纽约，康桥，芝加哥这些人烟稠密的地方，终身不去也没有什么，只是说不许我到海边去，这却太使我伤心了。

我抬头张目的说："不，你没有阻止我到海边去的意思！"

他笑道："是的，我不愿意你到海边去，太潮湿了，于你新愈的身体没有好处。"

我们争执了半点钟，至终他说："那么你去一个礼拜罢！"他又笑说："其实秋后的湖上，也够你玩的了！"

我爱慰冰，无非也是海的关系。若完全的叫湖光代替了海色，我似乎不大甘心。

可怜，沙穰的六个多月，除了小小的流泉外，连慰冰都看不见！山也是可爱的，但和海比，的确比不起，我有我的理由！

人常常说："海阔天空。"只有在海上的时候，才觉得天空阔远到了尽量处。在山上的时候，走到岩壁中间，有时只见一线天光。即或是到了山顶，而因着天末是山，天与地的界线便起伏不平，不如水平线的齐整。

海是蓝色灰色的。山是黄色绿色的。拿颜色来比，山也比海不过，蓝色灰色含着庄严淡远的意味，黄色绿色却未免浅显小方一些。固然我们常以黄色为至尊，皇帝的龙袍是黄色的，但皇帝称为"天子"，天比皇帝还尊贵，而天却是蓝色的。

海是动的，山是静的；海是活泼的，山是呆板的。昼长人静的时候，天气又热，凝神望着青山，一片黑郁郁的连绵不动，如同病牛一般。而海呢，你看她没有一刻静止！从天边微波粼粼的直卷到岸边，触着崖石，更欣然的溅跃了起来，开了灿然万朵的银花！

四围是大海，与四围是乱山，两者相较，是如何滋味，看古诗便可知道。比如说海上山上看月出，古诗说："南山塞天地，日月石上生。"细细咀嚼，这两句形容乱山，形容得极好，而光景何等臃肿，崎岖，僵冷，读了不使人生快感。而"海上生明月，天涯共此时"，也是月出，光景却何等妩媚，遥远，璀璨！

原也是的，海上没有红白紫黄的野花，没有蓝雀红襟等等美丽的小鸟。然而野花到秋冬之间，便都萎谢，反予人以凋落的凄凉。海上的朝霞晚霞，天上水里反映到不止红白紫黄这几个颜色。这一片花，却是四时不断的。说到飞鸟，蓝雀红襟自然也可爱，而海上的沙鸥，白胸翠羽，轻盈的漂浮在浪花之上，"凌波微步，罗袜生尘"。看见蓝雀红襟，只使我联忆到"山禽自唤名"，而见海鸥，却使我联忆到千古颂赞美人，颂赞到绝顶的句子，是"婉若游龙，翩若惊鸿"！

在海上又使人有透视的能力，这句话天然是真的！你倚阑俯视，你不由自主的要想起这万顷碧琉璃之下，有什么明珠，什么珊瑚，什么龙女，什么鲛纱。在山上呢，很少使人想到山石黄泉以下，有什么金银铜铁。因为海水透明，天然的有引人们思想往深里去的趋向。

简直越说越没有完了，总而言之，统而言之，我以为海比山强得多。说句极端的话，假如我犯了天条，赐我自杀，我也愿投海，不愿坠崖！

争论真有意思！我对于山和海的品评，小朋友们愈和我辩驳愈好。"人心之不同，各如其面"，这样世界上才有个不同和变换。假如世界上的人都是一样的脸，我必不愿见人。假天下人都是一样的嗜好，穿衣服的颜色式样都是一般的，则世界成了一个大学校，男女老幼都穿一样的制服。想至此不但好笑，而且无味！再一说，如大家都爱海呢，大家都搬到海上去，我又不得清静了！

十 鸟兽不可与同群

女伴都笑莆玲是个傻子。而她并没有傻子的头脑，她的话有的我很喜欢。她说："和人谈话真拘束，不如同小鸟小猫去谈。它们不扰乱你，而且温柔的静默的听你说。"

我常常看见她坐在樱花下，对着小鸟，自说自笑。有时坐在廊上，抚着小猫，半天不动。这种行径，我并不觉得讨厌，也许就是因此，女伴才赠她以傻子的徽号，也未可知。

和人谈话未必真拘束，但如同生人，大人先生等等，正襟危坐的谈起来，却真不能说是乐事。十年来正襟危坐谈话的时候，一天比一天的多。我虽也做惯了，但偶有机会，我仍想释放我自己。这半年我就也常常做傻子了！

第一乐事，就是拔草喂马。看着这庞然大物，温驯的磨动它的松软的大口，和齐整的大牙，在你手中吃嚼青草的时候，你觉得它有说不尽的妩媚。

每日山后牛棚，拉着满车的牛乳罐的那匹斑白大马，我每日喂它。乳车停住了，驾车人往厨房里搬运牛乳，我便慢慢的过去。在我跪伏在樱花底下，拔那十样锦的叶子的时候，它便侧转那狭长而良善的脸来看我，表示它的欢迎与等待。我们渐渐熟识了，远远的看见我，它便抬起头来。我相信我离开之后，它虽不会说话，它必每日的怀念我。

还有就是小狗了。那只棕色的，在和我生分的时候，曾经吓过我。那一天雪中游山，出其不意在山顶遇见它，它追着我狂吠不止，我吓得走不动。它看我吓怔了，才住了吠，得了胜利似的，垂尾下山而去。我看它走了，一口气跑了回来。一夜没有睡好，心脉每分钟跳到一百十五下。

女伴告诉我，它是最可爱的狗，从来不咬人的。以后再遇见它，我先呼唤它的名字，它竟摇尾走了过来。自后每次我游山，它总是前前后后的跟着走。山林中雪深的时候，光景很冷静。它总算助了我不少的胆子。

此外还有一只小黑狗，尤其跳荡可爱。一只小白狗，也很驯良。

我从来不十分爱猫。因为小猫很带狡猾的样子，又喜欢抓人。医院中有一只小黑猫，在我进院的第二天早起刚开了门，它已从门隙塞进来，一跃到我床上，悄悄的便伏在我的怀前，眼睛慢慢的闭上，很安稳的便要睡着。我最怕小猫睡时呼吸的声音！我想推它，又怕它抓我。那几天我心里又难过，因此愈加焦躁。幸而看护妇不久便进来！我皱眉叫她抱出这小猫去。

以后我渐渐的也爱它了。它并不抓人。当它仰卧在草地上，用前面两只小爪，拨弄着玫瑰花叶，自惊自跳的时候，我觉得它充满了活泼和欢悦。

小鸟是怎样的玲珑娇小呵！在北京城里，我只看见老鸦和麻雀。有时也看见啄木鸟。在此却是雪未化尽，鸟儿已成群的来了。最先的便是青鸟。西方人以青鸟为快乐的象征，我看最恰当不过。因为青鸟的鸣声中，婉转的报着春的消息。

知更雀的红胸，在雪地上，草地上站着，都极其鲜明。小蜂雀更小到无可苗条，从花梢飞过的时候，竟要比花还小。我在山亭中有时抬头瞥见，只屏息静立，连眼珠都不敢动，我似乎恐怕将这弱不禁风的小仙子惊走了。

此外还有许多毛羽鲜丽的小鸟，我因找不出它们的中国名字，只得阙疑。早起朝日未出，已满山满谷的起了轻美的歌声。在朦胧的晓风之中，欹枕倾听，使人心魂俱静。春是鸟的世界，"以鸟鸣春"和"春眠不觉晓，处处闻啼鸟"，这两句话，我如今彻底的领略过了！

我们幕天席地的生涯之中，和小鸟最相亲爱。玫瑰和丁香丛中更有青鸟和知更雀的巢，那巢都是筑得极低，一伸手便可触到。我常常去探望小鸟的家庭，而我却从不做偷卵捉雏等等破坏它们家庭幸福的事。我想到我自己不过是暂时离家，我的母亲和父亲已这样的牵挂。假如我被人捉去，关在笼里，永远不得回来呢，我的父亲母亲岂不心碎？我爱自己，也爱雏鸟，我爱我的双亲，我也爱雏鸟的双亲！

而且是怎样有趣的事，你看小鸟破壳出来，很黄的小口，毛羽也很稀疏，觉得很丑，它们又极其贪吃，终日张口在巢里啾啾的叫！累得它母亲飞去飞回的忙碌。渐渐的长大了，它母亲领它们飞到地上。它们的毛羽很蓬松，两只小腿蹒跚的走，看去比它们的母亲还肥大。它们很傻的样子，茫然的跟着母亲乱跳。母亲偶然啄得了一条小虫，它们便纷然的过去，啾啾的争着吃。早起母亲教给它们歌唱，母亲的声音极婉转，它们的声音，却很憨涩。这几天来，它们已完全的会飞了，会唱了，也知道自己觅食，不再累它们的母亲了。前天我去探望它们时，这些雏鸟已不在巢里，它们已筑起新的巢了，在离它们的父母的巢不远的枝上，它们常常来看它们的父母的。

还有虫儿也是可爱的。藕合色的小蝴蝶，背着圆壳的蜗牛，嗡嗡的蜜蜂，甚至于水里每夜乱唱的青蛙，在花丛中闪烁的萤虫，都是极温柔，极其孩气的。你若爱它，它也爱你们。因为它们太喜爱小孩子。大人们太忙，没有工夫和它们玩。

第三辑

隽美的诗思

只有我俯视一切。——无限的宇宙里，人和物质的山，水，远村，云树，又如何比得起？然而人的思想可以超越到太空里去，它们却永远只在地面上。

问答词

树影儿覆在墙儿上，又是凉风如洗，月明如水。

她看着我，"为何望天无语，莫非是起了烦闷，生了感慨？"

我说："我想什么是生命！人生一世，只是生老病死，便不生老病死，又怎样？浑浑噩噩，是无味的了，便流芳百世又怎样？百年之后，谁知道你？千年之后，又谁知道你？人类灭绝了，又谁知道你？便如你我月下共语，也只是电光般，瞥过无限的太空，这一会儿，已成了过去渺茫的事迹。"

她说："这不对呵，你只管赞美'自然'，讴歌着孩子，鼓吹着宇宙的爱，称世界是绵绵无尽。你自己岂不曾说过'世界上有的是快乐光明'？"

我说："这只是闭着眼儿想着，低着头儿写着，自己证实，自己怀疑，开了眼儿，抬起头儿，幻象便走了！乐园在哪里？天国在哪里？依旧是社会污浊，人生烦闷！'自然'只永远是无意识的，不必说了。小孩子似乎很完满，只为他无知无识。然而难道他便永久是无知无识？便永久是无知无识，人生又岂能满足？世俗无可说，因此我便逞玄想，撇下人生，来赞美自然，讴歌孩子。一般是自欺，自慰，世界上哪里是快乐光明？我曾寻遍了天下，便有也只是相对的暂时的，世界上哪里是快乐光明？"

她说："希望便是快乐，创造便是快乐。逞玄想，撇下人生，难道便可使社会不污浊，人生不烦闷？"

我说："希望做不到，又该怎样？创造失败了，又该怎样？古往今来，创造的人又有多少？到如今他们又怎样？你只是恒河沙数中的一粒，要做也何从做起，要比也如何比得起？即或能登峰造极，也不过和他们一样。不希望还好，不想创造还好，倒不如愚夫庸妇，一生一世，永远是无烦恼！"

她微笑说："你的感情起落无恒，你的思想没有系统。你没有你的人生哲学，没有你的世界观。只是任着思潮奔放，随着思潮说话。创造是烦恼，不创造只烦闷，又如何？希望是烦恼，不希望只烦闷，又如何？"

我说："是呵！我已经入世了。不希望也须希望，不前进也须前进。车儿已上了轨道了，走是走，但不时的瞻望前途，只一片的无聊乏味！这轨道通到虚无缥缈里，走是走，俊彩星驰的走，但不时的觉着，走了一场，在这广漠的宇宙里，也只是无谓！"

她只微笑着，月光射着她清扬的眉宇，她从此便不言语。

"世界上的力量，永远没有枉费：你的一举手，这热力便催开了一朵花；你的一转身，也使万物颤动；你是大调和的生命里的一部分，你带着你独有的使命；你是站在智慧的门槛上，请更进一步！看呵，生命只在社会污浊，人生烦闷里。宇宙又何曾无情？人类是几时灭绝？不要看低了愚夫庸妇，他们是了解生命的真意义，知道人生的真价值。他们不曾感慨，不曾烦闷，只勤勤恳恳的为世人造福。回来罢！脚踏实地着想！"

这话不是她说的，她只微笑着。

"宛因呵！感谢你清扬的眉宇，从明月的光辉中，清清楚楚的告诉我。"

1921年7月22日

山中杂感

溶溶的水月，螭头上只有她和我。树影里对面水边，隐隐的听见水声和笑语。我们微微的谈着，恐怕惊醒了这浓睡的世界。——万籁无声，月光下只有深碧的池水，玲珑雪白的衣裳。这也只是无限之生中的一刹那顷！然而无限之生中，哪里容易得这样的一刹那顷！

夕照里，牛羊下山了，小蚁般缘走在青岩上。绿树丛巅的嫩黄叶子，也衬在红墙边。——这时节，万有都笼盖在寂寞里，可曾想到北京城里的新闻纸上，花花绿绿的都载的是什么事？

只有早晨的深谷中，可以和自然对语。计划定了，岩石点头，草花欢笑。造物者呵！我们星驰的前途，路站上，请你再遥遥的安置下几个早晨的深谷！

陡绝的岩上，树根盘结里，只有我俯视一切。——无限的宇宙里，人和物质的山，水，远村，云树，又如何比得起？然而人的思想可以超越到太空里去，它们却永远只在地面上。

1921年6月20日，存西山。

石　像

　　凝寂的面庞，消沉的目光，都衬出他庄严的姿态，他只这样攝着白衣站着，静悄悄的向前看着。

　　小孩子攀着窗台，要和他谈笑；他眼儿也不抬一抬，唇儿也不动一动，只自己屹立着，向前看着。

　　小妹妹说他伤心，小弟弟说他孤傲——我却并不这样想，只深深地低头崇拜。

　　倘若你容我说破，石像呵！你是伤心，因为无量沙数的世人，心里只满着贪嗔。你是孤傲，因为无量沙数的世人，口里只唱着悲歌。

　　谁像你这般屹立凝眸的向前看着？——任他小孩子笑语纠缠，你只屹立凝眸的向前看着。

　　石像呵！任他无知的孩子，说你伤心，说你孤傲，我只深深地低头崇拜。

图 画

信步走下山门去，何曾想寻幽访胜？

转过山坳来，一片青草地，参天的树影无际。树后弯弯的石桥，桥后两个俯蹲在残照里的狮子。回过头来，只一道的断瓦颓垣，剥落的红门，却深深掩闭。原来是故家陵阙！何用来感慨兴亡，且印下一幅图画。

半山里，凭高下视，千百的燕子，绕着殿儿飞。城垛般的围墙，白石的甬道，黄绿琉璃瓦的门楼，玲珑剔透。楼前是山上的晚霞鲜红，楼后是天边的平原村树，深蓝浓紫。暮霭里，融合在一起。难道是玉宇琼楼？难道是瑶宫贝阙？何用来搜索诗肠，且印下一幅图画。

低头走着，一首诗的断句，忽然浮上脑海来。"四月江南无矮树，人家都在绿阴中。"何用苦忆是谁的著作，何用苦忆这诗的全文。只此已描画尽了山下的人家！

回　忆

　　雨后，天青青的，草青青的。土道上添了软泥，削岩下却留着一片澄清的水，更开着一枝雪白的花。也只是小小的自然，何至便低徊不能去？

　　风狂雨骤，黑暗里站在楼阑边。要拿书却怎的不推开门，只凝立在新凉里？——我要数着这涛声里，岛塔上，灯光明火的数儿，一——二——三——四——五。

　　沉郁的天气。浪儿侵到裙儿边。紫花儿掉下去了，直漾到浪圈外，沉思的界线里。低头看时，原来水上的花，是手里的花。

　　水里只荡漾着堂前的灯光人影。——一会儿，灯也灭了，人也散了。——一时沉黑。——是我的寂寞？是山中的寂寞？是宇宙的寂寞？这池旁本自无人，只剩得夜凉如水，树声如啸。

　　这些事是遽隔数年，这些地也相离千里，却怎的今朝都想

起？料想是其中贯穿着同一的我，潭呵，池呵，江呵，海呵，
和今朝的雨儿，也贯穿着同一的水。

1921年7月18日

一朵白蔷薇

怎么独自站在河边上？这朦胧的天色，是黎明还是黄昏？何处寻问，只觉得眼前竟是花的世界。中间杂着几朵白蔷薇。

她来了，她从山上下来了。靓妆着，仿佛是一身缟白，手里抱着一大束花。

我说，"你来，给你一朵白蔷薇，好簪在襟上。"她微笑说了一句话，只是听不见。然而似乎我竟没有摘，她也没有戴，依旧抱着花儿，向前走了。

抬头望她去路，只见得两旁开满了花，垂满了花，落满了花。

我想白花终比红花好，然而为何我竟没有摘，她也竟没有戴？

前路是什么地方，为何不随她走去？

都过去了，花也隐了，梦也醒了，前路如何？便摘也何曾戴？

1921年8月20日追记

十字架的园里

她说："不去了！那里只是冷阴阴的——"

那里是"只是冷阴阴的"；然而我深深的觉得，在那里，我的思想，常常立刻的平静下来，超出日常生活之外。人生是不是应该有些思想，超出日常生活之外呢？

我相信，春天来了，枝头微绿了；在那平列的十字架丛中，幽绝静绝的树下，石块上独坐，读些自己心爱的诗文，也是一生最可记念的事呵！

相伴的，只是扫花的老人罢！只有树上的小鸟罢！他们也各有他们的感想么？城墙隔断了我向外的视线，只深深的将我的思想，关闭在这圈儿里了！

她说："在这里，人生未免太悲惨了——"

是真的么？为何我们便想不透呢？纵然天下事都是可怀疑的，但表示我们生命终结的那十字架，是不容怀疑，不能怀疑的。在有生之前，它已经竖立在那里，等候着我们了。生前的友！死后永久的伴侣！我们为何以它为悲惨呢？

在这里，我只有静止不流的心泉，幽深缥缈的思想，和那微带着觉悟欢喜的"惆怅"。

这种思想，是天上的还是人间的呢？也许都不是罢，然而在我是超乎平常的境界了！

花也谢了，石块也剥落了，影片也模糊了；但这于长眠的人有什么影响呢？他们已将历史中的悲欢离合，交还了世界，自己微笑着享受他们最后的安息了！

寂静极了！幽深极了！沉思的石像旁边，长眠的异国异乡的人，在这里，什么界限都消灭了，我们只隔着一个神秘的十字架呵！

旧的文字，可以描写新的感想么？若是可以，我介绍你们相见罢：

　　一角的城墙，
　　蔚蓝的天，
　　极目的苍茫无际——
　　即此便是天上人间！

　　"死"呵！
　　起来颂扬它，
　　是沉默的终归，
　　是永久的安息。

　　人类呵！

相爱罢！
我们都是长行的旅客，
向着同一的归宿。

我的朋友！
未免太忧愁了么？
"死"的泉水，
是笔尖下最后的一滴。

1922年2月15日

力构小窗随笔

力构小窗

"力构小窗"是潜庐里一间屋子的向东的窗户。这间屋子就算是书房罢，因为里面有几只书架，两张书桌，架上有些书籍报章，桌上也有些笔墨纸砚。不过西墙下还放着一张床，床下还有书箱，床边还有衣架。这床常常是不空着，周末回家的学生，游山而不能回去的客人，都在那里睡下，因此这书房常常变成客室，可用的时候，也不算多。

在北平的时候，曾给我们的书房起了一个名字，是"难为春室"，那时正是"九一八"之后，满目风云，取"四海皆秋气，一室难为春"之意。还请我们的朋友容希白先生，用甲骨文写了一张小横披。南下之后，那小横披也不知去向。前年在迁入潜庐之先，曾另请一位朋友再写这四个字的横额，这位先生嫌"难为春"三个字太衰飒，他再三迁延推托，至终这间书房兼客室的屋子，还没有名字。

中国人喜欢给亭台楼阁，屋子，房子，起些名字，这些名字，不但象形，而且会意，往往将主人的心胸寄托，完全呈露——当然用滥了之后，也往往不能代表——这种例子俯拾即是，不须多说。

潜庐只是歌乐山腰，向东的一座土房，大小只有六间屋子，外面看去四四方方的，毫无风趣可言！倒是屋子四围那几十棵松树，三年来拔高了四五尺，把房子完全遮起，无冬无夏，都是浓阴逼人。房子左右，有云顶兔子二山当窗对峙，无论从哪一处外望，都有峰峦起伏之胜。房子东面松树下便是山坡，有小小的一块空地，站在那里看下去，便如同在飞机里下视一般，嘉陵江蜿蜒如带，沙磁区各学校建筑，都排列在眼前。隔江是重庆，重庆山外是南岸的山，真是"蜀江水碧蜀山青"，重庆又常常阴雨，淡雾之中，碧的更碧，青的更青，比起北方山水，又另是一番景色。

潜庐不曾挂牌，也不曾悬匾，只有主人同客人提过这名字，客人写信来的时候，只要把主人名字写对了，房子的名字，也似乎起了效用。四川歌乐山的潜庐和云南三台山的默庐一样，都是主人静伏的意思。因此这房子里常常很静，孩子们一上学，连笑声都听不见。只主人自己悄悄的忙，有时写信，有时记账，有时淘米，洗菜，缝衣裳，补袜子……却难得写写文章！

如今再回到"力构小窗"——这间书客室既是废名，而且环顾室中，也实在不配什么高雅的名字，只有这个窗子，窗前的一张书桌，两张藤椅，窗外一片浓阴，当松树抽枝的时候，

225

桌上落下一层黄粉，山中浓雾，云气飞涌入帘，这些光景，都颇有点诗意。夜中一灯如豆，也有过亲戚的情话，朋友的清谈，有时雨声从窗外透入，月色从窗外浸来，都可以为日后追忆留恋的资料。尤其在当编辑的朋友，苦苦索稿的时候，自己一赌气拉过椅子坐下，提笔构思，这面窗子便横在眼前，排除不掉。

一个朋友说："你知道不？写作是一分靠天才，九分靠逼迫……"，如今这一分天才，已消磨殆尽，而逼迫却从九分加到十分，我向来所坚持的"须其自来，不以力构"的写作条件，已不能存在了。忙病相连，忙中病中所偶得的一点文思，都在过眼云烟中消逝，人生几何？还是靠逼迫来乱写吧，于是乎名吾窗曰"力构小窗"，也是老牛破车，在鞭策下勉强前进的意思！

探　病

因为自己常常生病，也常常伺候生病的人，冷静旁观，觉得探病实在是一种艺术！

探病有几种条件：第一，这病人是否你所十分关怀的人？第二，这病人是否会因为你的探视，而觉得愉快，欢喜？第三，探病时的谈话；第四，探病时所携带赠送病人的物品，如书籍，花朵，糖果，及其他的用具和食物。

探病不是一件"面子事"，譬如某人病了，某人某人都已去看过，我同他也还算是朋友，不好意思不去走走，而你探望时的态度往往拘束，谈话往往勉强，比平常寒暄，更不自然，结果使病人也拘束，也勉强，因此而使他生出乏倦和厌烦，这种探病，于病人实在是有损无益。假如你觉得他会因你之不去而见怪，则不妨写一封小启，纸短情长，轻描淡写，自此而止。或者送一束鲜花，一本闲书，一袋糖果，附以小小的卡片，心到神知，也还不俗。

假如这病人是你的至友，他无时无刻不在悬盼你的来临，你准知道你推门进去，立刻会遇到他惊奇的笑容；但你也要防备到他会因着你的探视，而过度兴奋，谈话太多，休息不足，在这种情况之下，你最好有时送花，有时赠果，有时介绍一两本装潢轻巧的书本或闲书，然后特别在风雨之日，别人不大出门的时候，去看他一看。那时你会发现病室很冷清，病人很寂寞，正在他转侧无聊的时候，你轻轻进去，和他独对，这样，病人既无左右酬应之烦，又有静坐谈心之乐，如中间又有别人来看，你坐坐就走，既予别人以慰问的机会，又减少病人的困惫，这种探病，往往是病人所最欢迎的。

有的人是自己闲着没事，又找不着闲人来共同消磨时间，忽然想到某人正在养病，何不去找他谈谈？这种探病的人，最是可怕！他会因着你的肠炎，而提到他自己的回归热，他的太太的斑疹伤寒，他的孩子的破伤风，缕缕不倦，如数家珍，直闹到病人头昏脑热，觉得屋角床头，尽是病鬼！或则对病人感世忧时，大发牢骚，怀家念乡，聊抒抑郁，结果使病人也抑郁牢骚，不能自制，这种探病的人，最为医生及侍疾者所厌恶。所以对病人宜用轻松愉快的谈话，报告以亲友间可喜可笑的消息，使他喜悦，使他发笑。假如他是喜好文艺的人，不妨告诉他，你最近看到的诗文中的警句。假如他是关心音乐或体育的人，你也可以报告他以时下什么精彩的音乐演奏，或球类比赛。临走时你还可以给他点喜悦的希望，比如你说"下次我再来时，可以陪你散散步了"。或者说："下星期日晚上，我可以陪你去听听音乐了。"这都使他在幽闲的病榻上，有许多快乐的希冀与憧憬。最要紧的还是想法子减轻病人心中的负担，例如你可以替他写几封信，办几件事，看几个人，这些负担，都可以从谈话里探问出来的。

至于礼物的赠送，花朵当然最为适宜，鲜花是病人最大的安慰和喜乐。但花的种类、颜色和香味，都应当有个拣选。最好要知道病人平时所喜爱的花草和颜色，而且合他的欢心。有的人不喜欢浓郁的花香，气息太微的人，香花也会引起他的头痛。花的香要甜而清，如兰花，桂花，莲花，玫瑰花，香豆花，都是属于清甜一路。否则有色五香的花，如海棠，杜鹃，山茶，石竹，都是艳而不香，最合于病人的观赏。假如可能，花瓶也要送者配置，妥帖古雅，捧供床侧，不但受者欢欣，送者也会高兴。还有一件，送花要在病者床侧无花的时候，否则和许多别的花束，参在一起，不但显得喧闹，颜色也许还有不调和之处。

书籍的性质要轻松，文章要简短，使病人可以随时拿起放下，不费脑力，书的装潢要小而轻，不费病人的臂力腕力，字体要大而清楚，不费病人的眼力，画册也最适宜，如美术画，风景画等，使病人可以时常卧游。至于购送食品，要先得医生的许可，再适合病人的嗜好，果品常是有益无害的，如橙桔，苹果之类。自己烹调的菜肴，会引起病人的食欲，清淡整洁，而在医生许可之列者，也不妨随时致送。

生病是件苦事，但如有知心着意的人，来侍疾探病，生病不但变成件乐事，并且还是个福气。因病得闲，心境最清，文思诗情，都由此起，"维摩一室常多病，赖有天花作道场"。等到病室变成道场的时候，生病真是最甜柔最幸福的一件事了。

做 梦

重庆是个山城，台阶特别的多，有时高至数百级。在市内走路，走平地的时候就很少，在层阶中腰歇下，往上看是高不可攀，往下看是下临无地，因此自从到了重庆以后，就常常梦见登山或上梯。

去年的一个春夜，我梦见在一条白石层阶上慢慢地往上走，两旁是白松和翠竹，梦中自己觉得是在爬北平西山碧云寺的台阶，走到台阶转折处，忽然天崩地陷的一声巨响，四周的松针竹叶都飞舞起来，阶旁的白石阑干，也都倾斜摧折。自上面涌下一大片火水，烘烘的在层阶上奔流燃烧。烟火弥漫之中，我正在惊惶失措的时候，忽然听见上面有极清朗嘹亮的声音，在唤我的名字，抬头却只看见半截隐在烟云里的台阶。同时下面也有个极熟悉的声音，在唤我的名字，往下看是一团团红焰和黑烟。在梦里我却欣然的，不犹疑的往下奔走，似乎自己是赤着脚，踏着那台阶上流走燃烧的水火，飘然的直走到台阶尽处，下面是一道长堤，堤下是充塞的更浓厚的红焰和黑烟，黑烟中有个人在伸手接我，我叫着说："我走不下去了！"他说："你跳！"这一跳，我就跳回现实里来了！心还在跳，身子还觉得虚飘飘的，好像在烟云里。

这真是春梦！都是重庆的台阶和敌人的轰炸，交织成的一些观念。但当我同时听见两个声音在呼唤的时候，为什么不往上走到白云中，而往下走入黑烟里？也许是避难就易，下趋是更顺更容易的缘故！

做梦本已荒唐，解说梦就更荒唐。我一生喜欢做梦，缘故是我很少做可怕的梦。我从小不怕鬼怪，大了不怕盗贼，没有什么神怪或侦探的故事，能以扰乱我的精神。我睡时开窗，而且不盖得太热，睡眠中清凉安稳，做的梦也常常是快乐光明的，虽然有时乱得不可言状，但决不可怕。

记得我母亲常常笑着同我说："我死后一定升天，因为我常梦见住着极清雅舒适的房子。"这样说，我死后也一定升天，因为我所看过的最美妙的山水，所住过的最爽适的房子，都是在梦里看过住过的。而且山水和房屋都是合在一起。比如说，我常常梦见独自在一个读书楼上，书桌正对着一扇极大的玻璃窗，这扇窗几乎是墙壁的全面，窗框是玲珑雕花的。窗外是一片湖水，湖上常有帆影，常有霞光。这景象，除了梦里，连照片图画上，我也不曾看见过——我常常想请人把我的梦，画成图画。

　　我还常梦见月光：有一次梦见在潜庐廊下，平常是山的地方，忽然都变成水，月光照在水上，像一片光明的海。在水边仿佛有个渔夫晒网。我说："这渔夫在晒网呢……"身边忽然站着一位朋友，他笑了，说："月光也可以晒网么？"在他的笑声中，我又醒了，真的，月光怎可以晒网？

　　"梦是心中想"，小时常常梦见考书，题目发下来，一个也不会，一急就醒了。旅行的时候，常常梦见误车误船，眼看着车开出站外，船开出口外，一急也就醒了。体弱的时候，常常梦见抱个极胖的孩子，双臂无力，就把他摔在地上。或是梦见上楼，走到中间，楼梯断了，这楼梯又仿佛是橡皮做的，把我颤摇摇的悬在空中。但是，在我的一生中，最常梦见的，还是山水，楼阁，月光……

单调的生活中，梦是个更换；乱离的生活中，梦是个慰安；困苦的生活中，梦是个娱乐；劳瘁的生活中，梦是个休息——梦把人们从桎梏般的现实中，释放了出来，使他自由，使他在云中翱翔，使他在山峰上奔走。能做梦便是快乐，做的痛快，更是快乐。现实的有余不尽之间，都可以"留与断肠人做梦"。但梦境也尽有挫折，"可怜梦也不分明"，"梦怕悲中断"，"怎不思量，除梦里有时曾去。无据，和梦也新来不做。"等到"和梦也新来不做"的时候，生活中还有一丝诗意么!？

新年试笔（1934年）

新年试笔。

因为是"试"笔，所以要拿起笔来再说。

拿起笔来仍是无话可说；许多时候不说了，话也涩，笔也涩，连这时扫在窗上的枯枝也作出"涩——涩"的声音。

我愿有十万斛的泉水，湖水，海水，清凉的，碧绿的，蔚蓝的，迎头洒来，泼来，冲来，洗出一个新鲜，活泼的我。

这十万斛的水，不但洗净了我，也洗净了宇宙间山川人物。——如同太初洪水之后，有只雪白的鸽子，衔着嫩绿的叶子，在响晴的天空中飞翔。

大地上处处都是光明，看不见一丝云影。山上没有一棵被砍断的树，没有一片焦黄的叶；一眼望去尽是参天的松柏，树下随意的乱生着紫罗兰，雏菊，蒲公英。松径中，石缝中，飞溅着急流的泉水。

江河里也看不见黄泥，也不漂浮着烂纸和瓜皮；只有朝霭下的轻烟，蒙蒙的笼罩着这浩浩的流水。江河两旁是沃野千里，阡陌纵横，整齐的灰瓦的农舍，家家开着后窗，男耕女织，歌声相闻。

城市像个花园，大树的浓阴护着杂花。整洁的道路上，看不见一个狂的男人，妖的女人，和污秽的孩子。上学的，上工的，个个挺着胸走，容光焕发，用着掩不住的微笑，互相招呼，似乎人人都彼此认识。

黄昏时从一座一座的建筑物里，涌出无数老的，少的，村的，俏的人来。一天结实的有成绩的工作，在他们脸上，映射出无限的快慰和满足。回家去，家家温暖的灯光下，有着可口的晚餐，亲爱的谈话。

蓝天隐去，星光渐生，孩子们都已在温软的床上，大开的窗户之下，在梦中向天微笑。

而在书室里，廊上，花下，水边都有一对或一对以上的人儿，在低低的或兴高采烈的谈着他们的过去，现在，将来所留恋，计划，企望的一切。

平凡人的笔下，只能抽出这平凡的希望。

然而这平凡的希望——

洪水，这迎头冲来的十万斛的洪水，何时才来到呢？

1934年1月1日发表

观舞记
——献给印度舞蹈家卡拉玛姐妹

我应当怎样地来形容印度卡拉玛姐妹的舞蹈？

假如我是个诗人，我就要写出一首长诗，来描绘她们的变幻多姿的旋舞。

假如我是个画家，我就要用各种的彩色，渲点出她们的清扬的眉宇，和绚丽的服装。

假如我是个作曲家，我就要用音符来传达出她们轻捷的舞步，和细响的铃声。

假如我是个雕刻家，我就要在玉石上模拟出她们的充满了活力的苗条灵动的身形。

然而我什么都不是！我只能用我自己贫乏的文字，来描写这惊人的舞蹈艺术。

如同一个婴儿，看到了朝阳下一朵耀眼的红莲，深林中一只旋舞的孔雀，他想叫出他心中的惊喜，但是除了咿哑之外，他找不到合适的语言！

但是，朋友，难道我就能忍住满心的欢喜和激动，不向你吐出我心中的"咿哑"？

我不敢冒充研究印度舞蹈的学者，来阐述印度舞蹈的历史和派别，来说明她们所表演的婆罗多舞是印度舞蹈的正宗。我也不敢像舞蹈家一般，内行地赞美她们的一举手一投足，是怎样地"出色当行"。

我只是一个欣赏者，但是我愿意努力地说出我心中所感受的飞动的"美"！

朋友，在一个难忘的夜晚——

帘幕慢慢地拉开，台中间小桌上供养着一尊湿婆天的舞像，两旁是燃着的两盏高脚铜灯，舞台上的气氛是静穆庄严的。

卡拉玛·拉克希曼出来了。真是光艳的一闪！她向观众深深地低头合掌，抬起头来，她亮出了她的秀丽的面庞，和那能说出万千种话的一对长眉，一双眼睛。

她端凝地站立着。

笛子吹起，小鼓敲起，歌声唱起，卡拉玛开始舞蹈了。

她用她的长眉，妙目，手指，腰肢；用她鬓上的花朵，腰间的褶裙；用她细碎的舞步，繁响的铃声，轻云般慢移，旋风般疾转，舞蹈出诗句里的离合悲欢。

我们虽然不晓得故事的内容，但是我们的情感，却能随着她的动作，起了共鸣！我们看她忽而双眉颦蹙，表现出无限的哀愁，忽而笑颊粲然，表现出无边的喜乐；忽而侧身垂睫表现出低回婉转的娇羞；忽而张目瞋视，表现出叱咤风云的盛怒；忽而轻柔地点额抚臂，画眼描眉，表演着细腻妥帖的梳妆；忽而挺身屹立，按箭引弓，使人几乎听得见铮铮的弦响！像湿婆天一样，在舞蹈的狂欢中，她忘怀了观众，也忘怀了自己。她只顾使出浑身解数，用她灵活熟练的四肢五官，来讲说着印度古代的优美的诗歌故事！

一段一段的舞蹈表演过（小妹妹拉达，有时单独舞蹈，有时和姐姐配合，她是一只雏凤！形容尚小而功夫已深，将来的成就也是不可限量的），我们发现她们不但是表现神和人，就是草木禽兽：如莲花的花开瓣颤，小鹿的疾走惊跃，孔雀的高视阔步，都能形容尽致，尽态极妍！最精彩的是"蛇舞"，颈的轻摇，肩的微颤：一阵一阵的柔韧的蠕动，从右手的指尖，一直传到左手的指尖！我实在描写不出，只能借用白居易的两句诗，"珠璎炫转星宿摇，花鬘斗薮龙蛇动"来包括了。

看了卡拉玛姐妹的舞蹈，使人深深地体会到印度的优美悠久的文化艺术：舞蹈、音乐、雕刻、图画……都如同一条条的大榕树上的树枝，枝枝下垂，入地生根。这许多树枝在大地里面，息息相通、吸收着大地母亲给予它的食粮的供养，而这大地就是有着悠久历史的印度的广大人民群众。

卡拉玛和拉达还只是这棵大榕树上的两条柔枝。虽然卡拉玛以她的二十二年华，已过了十七年的舞台生活；十二岁的拉达也已经有了四年的演出经验，但是我们知道印度的伟大的大地母亲，还会不断地给她们以滋润培养的。

最使人惆怅的是她们刚显示给中国人民以她们"游龙"般的舞姿，因着她们祖国广大人民的需求，她们又将在两三天内"惊鸿"般地飞了回去！

北京的早春，找不到像她们的南印故乡那样的丰满芬芳的花朵，我们只能学她们的伟大诗人泰戈尔的充满诗意的说法：让我们将我们一颗颗的赞叹感谢的心，像一朵朵的红花似地穿成花串，献给她们挂在胸前，带回到印度人民那里去，感谢他们的友谊和热情，感谢他们把拉克希曼姐妹暂时送来的盛意！

第四辑

澄澈的理性

我们一面要求解放，一面要自己负责任；否则只有破坏，没有建设，解放运动的进行，要受累不浅了。

解放以后责任就来了

我们只管挣扎，只管呼号，要图谋解放，要脱去种种的束缚。是的，我们是要求解放；但是同时我们要牢牢的记着易卜生的话："如今完全脱余之系属而自由；汝之生活，返于正道，今其时矣，汝可自由选择，然亦当自负责任。"——他在《海之夫人》剧中，用华瓦尔的口气说的。——我们一面要求解放，一面要自己负责任；否则只有破坏，没有建设，解放运动的进行，要受累不浅了。

怎样补救我们四围干燥的空气？

现在有许多人说："我们周围的空气，太干燥无味了。"这话我深深的承认，我们周围的空气是太干燥无味了，然而我们做学生的，还没有染社会上种种的恶习惯和嗜好（如嗜酒，嗜剧等等，他们既然常常的受这猛烈的刺激，就很不容易以那较雅淡的娱乐方法去代替。），去寻求那可以调和这干燥空气的，就比较的容易些。

记得古人诗上有："有好友来如对月，得奇书读胜看花"，以我看去，"读书"和"看花"，不能分出什么轩轾。但是将"好友"比"明月"可谓精确无比。我们如能交几个志同道合的朋友，不时的聚首谈话是最乐不过的——这篇文里只说娱乐，所以不提别的方面——然而交友也是最难不过的，如其论交不得好友，宁可抱残守缺，专去和自然接触晤对了。

"空气是公用的"，这句话是我的弟弟冰仲最爱说的，然而不但空气是公用的，凡是自然界里种种的现象都是公用的，都是"取之无禁用之不竭"的，有了这样神幻优美的"自然直感"我们还怕寂寞么？几朵的花，几棵的树，一片的云霞，一天的星月，一阵的鸟声，虫声，风声，泉声，雨声，教我们怎样消受的！再加上几张的名画，几本的书，那就更好了。

印度哲人泰戈尔小的时候，坐在窗下，望着天光云影，能有两三小时的工夫神游物外，不言不动，我们当这一生最忙碌的时代——学生时代——和"自然"静对的工夫恐怕还不能有两三小时，这样看来……拿"自然现象"去补救我们不及两三小时间的干燥空气，已经是绰绰有余的了。

自然界是一个大公园，无论是谁要是感觉干燥空气的痛苦的时候，请随便到那里去，那里没有人禁止你！

"是非"

我们评论一件事或是一个人的时候，常常要提到"是"或"非"这两个字，谈惯了觉得很自然——然而我自己心中有时却觉得不自然，有时却起了疑问，有时这两个字竟在我意念中反复到千万遍。

我所以为"是"的，是否就是"是"？我所以为"非"的，是否就是"非"！不但在个人方面，没有绝对的"是非"；就是在世界上恐怕也没有绝对的"是非"。

在我以为"是"的，在他又以为"非"；这时代里以为"是"的，在那时代里又以为"非"；在这环境里以为"是"的，在那环境里又以为"非"；在这社会里以为"是"的，在那社会里又以为"非"；是非既没有标准，各是其是，各非其非，于是起了世上种种的误会，辩难，攻击。

是抛弃了我的"是"，去就他的"非"呢？还是叫他抛弃他的"是"，来就我的"非"呢？去就之间，又生了新的"是非"的问题。

"是非"是以"良心"为标准么，但究竟什么是"良心"？以"天理"为标准么，但究竟什么是"天理"？又生了一个新的"是非"的问题，只添给我们些犹疑，忧郁，苦恼。

"是非"的问题，便是青年时代最烦闷的问题中之一。

我竭力的要思索它，了解它，结果是只生了无数的新的"是非"问题，——我再勉强的思索它，了解它，结果是众人以为"是"的，就是"是"，众人以为"非"的，就是"非"，但是"是非"问题就如此这般的解决了么？"我"呢，"我"到哪里去了？有了众人，难道就可以没了"我"？

这问题水过般，只是圆的运动，找不出一个源头来——

思索到极处，只有两句词家的话，聊以解脱自己："……人生了事成痴，世上总无真是非……"

但此是解决"是非"的方法么？我还是烦闷。

安于烦闷的，终久是烦闷，不肯安于烦闷的，便要升天入地的想法子来解决它。

青年人呵！我们要解决古往今来，开天辟地，人所不能解决，未曾解决的问题。

求真理——求绝对的真理。

非完全则宁无(一)

易卜生的剧诗《柏拉图》里,有一句极其精彩的话,也是他的意志哲学,就是"非完全则宁无"。

这"宁"字真用得有意思呵!表示出去取之间,有无限的徘徊,无限的思索。然而又至终抛弃一切,牺牲一切,来趋就"完全"等候"完全"。

只有"完全"是好的,是美满的。世人都知道有个"完全",都知道希望"完全"。

固然是既知道有"完全",便应当希望"完全"。但有时理想离事实太远,前途没有把握,对方隐在云雾渺茫之中。无目的地奋斗,结果只是徒乱人意劳而无功的。何如斩钉截铁的一句"非完全则宁无"?

"非完全则宁无",这语气是如何的严冷呢?然而可以激起青年人的决心,唤起青年人的觉悟。"不进行则已,既进行了,就不是无目的地奋斗。"又好似温柔的音乐。

是严冷,是温柔,又是如何的使人感慨呵!

1921年8月1日

法律以外的自由

只有小孩子能彀评判什么是"法律以外的自由";我们是没有这么高的见解,这么大的魄力的。然而我们是真没有么?可怜呵!我们的见解和魄力,只是受了社会的熏染,因而失去的,而汩没了的。

四月九号上午,我在本校附设的半日学校教授国文,讲到"自由"一课,课本上有"法律以内的自由"和"法律以外的自由",我要使他们明了,便在黑板上画一个圈儿,假定它做法律;然后我拿着粉笔,站在黑板旁边,说,"请你们随便举几件事,是法律以内的自由。"他们错错落落的说:"念书。""作事。""买东西。""洗脸。""梳头。"我一一都写在圈里。以后我又请他们说"法律以外的自由"的时候,他们又杂乱着说:"打人。""骂人。""欺负人。"我也照样写在圈儿外。忽然有声音从后面说:"先生!还有打仗也是法律以外的自由。"这声音猛然的激刺我,回过头来,只见是一个小男学生说的,他仰着小脸,奇怪我为何不肯往上写,便又重说一句,"先生!还有打仗也是法律以外的自由。"

我无话可说,无言可答,迟疑了一会,只得强颜问道:

"为什么打仗是法律以外的自由？"——可怜呵！我何敢质问这些小孩子，不过是要耽延时间，搜索些诡辞来答复罢了。

他们一齐说："打仗是要杀人的，比打人骂人还不好。"

我承认了罢，但是国家为什么承认战争？国家为什么要兵？为保护自己，是的，但是必有侵占才能有保卫，那方面仍是法律以外的自由，这些小孩子已经开始疑惑战争，更要一步一步的疑惑他们所以为的世界上一切神圣庄严的东西，将我前几天和他们接续所讲的"政府""国会"等都要根本的疑惑起来了；不承认罢，我可用什么话驳他们！

天真纯洁的小孩子呵，我愧对你们，我连写这两个字在圈儿外的勇气都没有，怎敢当你们"先生"两个字的称呼，又怎配站在台上拿着粉笔对你们高谈法律以外的自由？

惭愧迷惘里也不知说些什么话。这些小孩子的脑子云过天青，跟着我说到别的去，也不再提战争了，我才定了神，完了课，连忙走了出来，好像逃脱一般。小孩子呵，我这受了社会的熏染的人，怎能站在你们天真纯洁的国里？

世人呵！请你们替我解围，替我给这些小孩子以满意的答复。若是你们也不能，就请你们不要再做惹小孩子们质问的事。直接受他们严重质问的人，真是无地自容呵！

1921年4月10日

默庐试笔（节选）

一

　　我为什么潜意识的苦恋着北平？我现在真不必苦恋着北平，呈贡山居的环境，实在比我北平西郊的住处，还静，还美。我的寓楼，前廊朝东，正对着城墙，雉堞蜿蜒，松影深青，霁天空阔。最好是在廊上看风雨，从天边几阵白烟，白雾，雨脚如绳，斜飞着直洒到楼前，越过远山，越过近塔，在瓦檐上散落出错落清脆的繁音。还有清晨黄昏看月出，日上，晚霞，朝霭，变幻万端，莫可名状，使人每一早晚，都有新的企望，新的喜悦。下楼出门转向东北，松林下参差的长着荇菜，菜穗正红，而红穗颜色，又分深浅，在灰墙，黄土，绿树之间，带映得十分悦目。出荆门北上斜坡，便到川台寺东首，栗树成林，林外隐见湖影和山光，林间有一片广场，这时已在城墙之上，登墙，外望，高岗起伏，远村隐约。我最爱早起在林中携书独坐，淡云来往，秋阳暖背，爽风拂面，这里清极静极，绝无人迹，只两个小女儿，穿着桔黄水红的绒衣，在广场上游戏奔走，使眼前宇宙，显得十分流动，鲜明。

　　我的寓楼，后窗朝西，书案便设在窗下，只在窗下，呈贡八景，已可见其三，北望是"凤岭松峦"，前望是"海潮夕照"，南望是"鱼甫星灯"。窗前景物在第一段已经描写过，一百二十日夜之中，变化无穷，使人忘倦。出门南向，出正面荆门，西边是昆明西山。北边山上是三台寺。走到山坡尽处，有个平台，松柏丛绕，上有石墩和石块，可以坐立，登此下望，可见城内居舍，在树影中，错落参差。南望城外又可见三景，是龙街子山上之"龙山花坞"，罗藏山之"梁峰兆雨"，和城南印心亭下之"河洲月渚"。其余两景是白龙潭之"彩洞亭鱼"，和黑龙潭之"碧潭异石"，这两景非走到潭边是看不见的，所以我对于默庐周围的眼界，觉得爽然没有遗憾。

平台的石墩上，客来常在那边坐地，四顾风景全收。年轻些的朋友来，就欢喜在台前松柏荫下的草坡上，纵横坐卧，不到饭时，不肯进来。平台上四无屏障山风稍劲，入秋以来，我独在时，常走出后门北上，到寺侧林中，一来较静，二来较暖。

回溯生平郊外的住宅，无论是长居短居，恐怕是默庐最惬心意。国外的伍岛（Five Islands）白岭（White Mountains）山水不能两全，而且都是异国风光，没有亲切的意味。国内如山东之芝罘，如北平之海甸，芝罘山太高，海太深，自己那时也太小，时常迷茫消失于旷大寥阔之中，觉得一身是客，是奴，凄然怔忡，不能自主。海甸楼窗，只能看见西山，玉泉山塔，和西苑兵营整齐的灰瓦，以及颐和园内之排云殿和佛香阁。湖水是被围墙全遮，不能望见。论山之青翠，湖之涟漪，风物之醇永亲切，没有一处赶得上默庐。我已经说过，这里整个是一首华茨华斯的诗！

二

在这里住得妥帖，快乐，安稳，而旧友来到，欣赏默庐之外，谈锋又往往引到北平。

人家说想北平大觉寺的杏花，香山的红叶，我说我也想；人家说想北平的笔墨笺纸，我说我也想；人家说想北平的故宫北海，我说我也想；人家说想北平的烧鸭子涮羊肉，我说我也想；人家说想北平的火神庙隆福寺，我说我也想；人家说想北平的糖葫芦，炒栗子，我说我也想。而在谈话之时，我的心灵时刻的自警说："不，你不能想，你是不能回去的，除非有那样的一天！"

我口说在想，心里不想，但看我离开北平以后，从未梦见过北平，足见我控制得相当之决绝——

而且我试笔之顷，意马奔驰，在我自己惊觉之先，我已在纸上写出我是在苦恋着北平。

我如今镇静下来，细细分析：我的一生，至今日止在北平居住的时光，占了一生之半，从十一二岁，到三十几岁，这二十年是生平最关键，最难忘的发育，模塑的年光，印象最深，情感最浓，关系最切。一提到北平，后面立刻涌现了一副一副的面庞，一幅一幅的图画：我死去的母亲，健在的父亲，弟，侄，师，友，车夫，佣人，报童，店伙……剪子巷的庭院，佟府堂前的玫瑰，天安门的华表，"五四"的游行，"九一八"黄昏时的卖报声，"国难至矣"的大标题，……我思潮奔放，眼前的图画和人面，也突兀变换，不可制止，最后我看见了景山最高顶，"明思宗殉国处"的方亭栏杆上，有灯彩扎成的六个大字，是："庆祝徐州陷落！"

北平死去了！我至爱苦恋的北平，在不挣扎不抵抗之后，断续呻吟了几声，便恹然地死去了！

二十六年七月二十八早晨，十六架日机，在晓光熹微中悠悠的低飞而来；投了三十二颗炸弹，只炸得西苑一座空营。——但这一声巨响，震得一切都变了色。海甸被砍死了九个警察，第二天警察都换了黑色的制服，因为穿黄制服的人，都当做了散兵，游击队，有砍死刺死的危险。

四野的炮声枪声，由繁而稀，由近而远，声音也死去了！

五光十色的旗帜都高高的悬起了；日本旗，意大利旗，美国旗，英国旗，黄卐字旗，红十字旗，……只看不见了青天白日旗。

西直门楼上，深黄色军服的日兵，箕踞在雉堞上，倚着枪，裂着厚厚的嘴唇，露着不整齐的牙齿，下视狂笑。

街道上死一般的静寂，只三三两两褴褛趑趄的人，在仰首围读着"香月入城司令"的通告。

晴空下的天安门，饱看过千万青年摇旗呐喊，高呼"□□日本帝国主义"的，如今只镇定的在看着一队一队零落的中小学生的行列，拖着太阳旗、五色旗，红着眼，低着头，来"庆祝"保定陷落，南京陷落……后面有日本机关枪队紧紧地监视跟随着。

日本的游历团，一船一船一车一车的从神户横滨运来，挂着旗号的大汽车，在景山路东长安街横冲直撞的飞走。东兴楼，东来顺挂起日文的招牌，欢迎远客。

故宫北海颐和园看不见一个穿长褂和西服的中国人，只听见橐橐的军靴声，木屐声。穿长褂和西服的中国人都羞的藏起了，恨的溜走了。

街市忽然繁荣起来了，尤其是米市大街，王府井大街，店面上安起木门，挂上布帘，无线电机在广播着友邦的音乐。

我想起东京神户，想起大连沈阳，……北平也跟着大连沈阳死去了，一个女神王后般美丽尊严的城市，在蹂躏侮辱之下，恹然地死去了。

我恨了这美丽尊严的皮囊，躯壳！我走，我回顾这尊严美丽，瞠目瞪视的皮囊，没有一星留恋。在那高山丛林中，我仰首看到了一面飘扬的青天白日的旗帜，我站在旗影下，我走，我要走到天之涯，地之角，抖拂身上的怨尘恨土，深深地呼吸一下兴奋新鲜的朝气，我再走，我要捐着这方旗帜，来招集一星星的尊严美丽的灵魂，杀入那美丽尊严的躯壳！

给日本的女性

去年秋天，八月十日夜，战争结束的电讯，像旋风似的，迅速的传布到中国的每一个角落。我自己是在四川的一座山头，望着满天的繁星，和山下满地的繁灯，听到这盼望了八年的消息！在这震撼如狂潮之中，经过了一阵昏乱的沉默。就有几个小孩子放声大笑，有几个大孩子放声大哭，有几个男客人疯狂似的围着我要酒喝！没有笑，没有哭，也没有喝酒的，只有我一个人，我一直沉默着！

这沉默从去年八月十日夜一直绵延着。我一直苦闷，一直不安，那时正在复员流转期中，我不但没有时间同别人细谈，也没有时间同自己检讨。能够同自己闲静的会晤，是一件绝顶艰难的事！

在离开中国的前一星期，我抽出万忙的三天，到杭州去休息。秋阳下的西湖景物，唤起了我一种轻松怡悦的心情，但我心中潜在的烦闷，却没有一刻离开我。终于在一夜失眠之后，我忽然在第二天早晨悄然走出我的住处，绕过了西泠桥，面迎着淡雾下一片涟漪的湖光，踏着芳草上零零的露珠，走上"一株杨柳一株桃"的苏堤，无目的地向着无尽的长堤走……

如同装束梳洗拜访贵宾一般，我用湖光山色来浸洗我重重的尘秽，低头迎接我内在的自己。

堤上几乎是断绝行人。在柳枝低拂的水边，有几个小女孩子，在高声背诵她们的书本。远山近塔，在一切光明迷蒙之中，都显得十分庄严，十分流丽。

无目地顺着长堤向前走着，走着；我渐渐的走近了我自己，开始作久别后的寒暄。出乎意外的，我发现八年的痛苦流离，深忧痛恨，我自己仍旧保存着相当的淳朴，浅易和天真。

她——我的"大我"，很稳重和蔼的告诉我：

世界上最大的威力，不是旋风般的飞机，巨雷般的大炮，鲨鱼般的战舰，以及一切摧残毁灭的战器——因为战器是不断的有突飞猛进的新发明。拥有最大威力的，还是飞机大炮后面，沉着的驾驶射击的，有血，有肉，有情感，有理智的人类。

机器是无知的，人类是有爱的。

人类以及一切生物的爱的起点，是母亲的爱。

母亲的爱是慈蔼的，是温柔的，是容忍的，是宽大的；但同时也是最严正的，最强烈的，最抵御的，最富有正义感的！

她看见了满天的火焰，满地的瓦砾，满山满谷的枯骨残骸，满城满乡的啼儿哭女……她的慈蔼的眼睛，会变成锐明的闪电，她的温柔的声音，会变成清朗的天风，她的正义感，会飞翔到最高的青空，来叫出她严厉的绝叫！

她要阻止一切侵略者的麻醉蒙蔽的教育，阻止一切以神圣科学发明作为战争工具的制造，她要阻止一切使人类互相残杀毁灭的错误歪曲的宣传。

因为在战争之中，受最大痛苦的，乃是最伟大的女性！

在战争里，她要送她千辛万苦扶持抚养的丈夫和儿子，走上毁灭的战场；她要在家里田间，做着兼人的劳瘁的工作；她要舍弃了自己美丽整洁的家，拖儿带女的走入山中谷里；或在焦土之上，瓦砾场中，重新搭起一个聊蔽风雨的小篷。她流干了最后一滴泪，洒尽了最后一滴血，在战争的悲惨昏黑的残局上面……含辛茹苦再来收拾，再来建设，再来创造。

全人类的母亲，全世界的女性，应当起来了！

我们不能推诿我们的过失，不能逃避我们的责任，在信仰我们的儿女，抬头请示我们的时候，我们是否以大无畏的精神，凛然告诉他们说，战争是不道德的，仇恨是无终止的，暴力和侵略，终久是失败的？

我们是否又慈蔼温柔的对他们说：世界是和平的，人类是自由的，民族与民族，国家与国家之间，只有爱，只有互助，才能达到永久的安乐与和平？

猛抬头，原来我已走到苏堤的终点，折转回来，面迎着更灿烂的湖光，晨雾完全消隐，我眼里忽然满了泪，我的“大我”轻轻地对我说：

“做子女的时候，承受着爱，只感觉着爱的伟大；做母亲的时候，赋予着爱，却知道了爱的痛苦！”

这八年来，我尝尽了爱的痛苦！我不知道在全世界——就是我此刻所在地的东京，有多少女性，也尝着同我一样的爱的痛苦。

让我们携起手来罢，我们要领导着我们天真纯洁的儿女们，在亚东满目荒凉的瓦砾场上，重建起一座殷实富丽的乡村和城市，隔着洋海，同情和爱的情感，像海风一样，永远和煦地交流！

1946年11月29日夜，于东京。

谈孟子和民主①

听说日本著名作家井上靖先生，写了一本叫作《孔子》的书，在日本大受欢迎，成了畅销书之一。对于至圣先师孔子，我当也极尊崇。我小时候在私塾里，也读过背过一部《论语》，以后又读、背过《孟子》，可惜只读了一章，我便进了学校，改读"国文教科书"了。

前年我托朋友买了一本《十三经》，想自己阅读古人的书，以补我的对于祖国古典经史知识之不足。这"十三经"是：1.《周易》，2.《尚书》，3.《毛诗》，4.《周礼》，5.《仪礼》，6.《礼记》，7.《春秋左传》，8.《春秋公羊传》，9.《春秋穀梁传》，10.《论语》，11.《孝经》，12.《尔雅》，13.《孟子》。

我不厌其烦地写出了《十三经》每一卷的名字，因为我读了前几卷，有的不懂，如《周易》，有的太繁琐了，如《礼记》之类，只有《毛诗》还看得进去。一直看到第十三卷《孟子》，我心里忽然感到豁然开朗，没想到两千多年以前的古

---

① 本篇发表于《中国文化》1990年12月第3期。

人，就主张"民主"，且言论精辟深刻！我希望读者们都自己去找出这本古书来，细细地读它一遍！在这里我只能举出一些给我印象最深的几点：

他主张"与民同乐"，他处处重视"人民"，把"人民"放在"君主"之上。

他说，国人皆曰可用，则用之；国人皆曰可杀，则杀之。

这里的"国人"，就是"老百姓"，就是"人民"。凡事不能由"君王"擅自做主。

他主张君臣平等，他说君之视臣如土芥，则臣视君如寇仇。意思是当君王把人民踩在脚下的时候，人民就可以把君王当作敌人。这话说得多么直接痛快！

他的"大丈夫"的定义，也是极其深刻的。"大丈夫"用现代的话说，就是"堂堂男子汉"，是个极其自豪的名词。孟子说："富贵不能淫，贫贱不能移，威武不能屈，此之谓大丈夫。"他把"富贵不能淫"放在首位，足见"贫贱不能移，威武不能屈"凡是有操守的人都还容易做到，富贵了而能不被淫是比较困难的。因为富贵了必然有权，有权就有了一切，"一朝权在手，便把令来行"；有了权就可以胡作非为，什么民意，都可以不顾了！这些都是富贵能淫的人。富贵了而能不被淫的人，从我国几千年的封建历史上看，几乎数不出几个来！

1989年11月29日

关于"百花齐放，百家争鸣"①

在我们的想象里，"百花齐放"是一幅多么鲜丽的画图；"百家争鸣"是一个何等痛快的场面！但是要"百花齐放"，必须有风和日丽的"天时"，也要有阔大肥美的"地利"。"百家争鸣"也要有据理力争（这"理"是对国家对人民有利的理）、畅所欲言的自由激发的论坛。

提倡双百方针的领导者，必须布置安排下一个能促成"齐"与"争"的空气和环境。

我的手边正放着一本《龚自珍全集》，随便翻开，正看到他的一首《咏史》：

金粉东南十五州，

万重恩怨属名流。

牢盆狎客操全算，

团扇才人踞上游。

避席畏闻文字狱，

---

① 本篇发表于《群言》1991年第5期。

著书都为稻粱谋。

田横五百人安在，

难道归来尽列侯？

　足见中国历史上已有了不少的"文字狱"！但诗人还有一首沉痛的呼吁：

九州生气恃风雷，

万马齐喑究可哀！

我劝天公重抖擞，

不拘一格降人材。

　今天，我们不信天公，却相信人力。只要有"抖擞"起来的人力，那么，"不拘一格"的"人材"，自然会一群一群地"降"下来的！

1991年3月5日晨急就

我的家在哪里？ [①]

　　梦，最能"暴露"和"揭发"一个人灵魂深处连自己都没有意识到的"向往"和"眷恋"。梦，就会告诉你，你自己从来没有想过的地方和人。

　　昨天夜里，我忽然梦见自己在大街旁边喊"洋车"。有一辆洋车跑过来了，车夫是一个膀大腰圆，脸面很黑的中年人，他放下车把，问我："你要上哪儿呀？"我感觉到他称"你"而不称"您"，我一定还很小，我说："我要回家，回中剪子巷。"

　　他就把我举上车去，拉起就走。走穿许多黄土铺地的大街小巷，街上许多行人，男女老幼，都是"慢条斯理"地互相作揖、请安、问好，一站就站老半天。

　　这辆洋车没有跑，车夫只是慢腾腾地走呵走呵，似乎走遍了北京城，我看他褂子背后都让汗水湿透了，也还没有走到中剪子巷！

　　这时我忽然醒了，睁开眼，看到墙上挂着的文藻的相片，

我迷惑地问我自己："这是谁呀？剪子巷里没有他！"连文藻都不认识了，更不用说睡在我对床的陈大姐和以后进到屋里来的女儿和外孙了！

只有住着我的父母和弟弟们的中剪子巷才是我灵魂深处永久的家。连北京的前圆恩寺，在梦中我也没有去找过，更不用说美国的娜安辟迦楼，北京的燕南园，云南的默庐，四川的潜庐，日本东京麻布区，以及伦敦、巴黎、柏林、开罗、莫斯科一切我住过的地方，偶然也会在我梦中出现，但都不是我的"家"！

这时，我在枕上不禁回溯起这九十年所走过的甜、酸、苦、辣的生命道路，真是"万千恩怨集今朝"，我的眼泪涌了出来……

前天下午我才对一位年轻朋友戏说："我这人真是'一无所有'！从我身上是无'权'可'夺'，无'官'可'罢'，无'级'可'降'，无'款'可'罚'，地道的无顾无虑，无牵无挂，抽身便走的人，万万没有想到我还有一个我自己不知道的，牵不断、割不断的朝思暮想的'家'！"

第五辑

文学与悟道

假使不能理解一国的国民性，就很难欣赏一国的文学。

怎样欣赏中国文学

中国文学的背景

今天我能够到贵校来跟诸位讲话，觉得非常的荣幸。东京大学是日本的第一大学，在这大学里，女人来讲演的机会，恐怕是很少的。所以我这一次得有机会在这儿讲演，觉得非常的高兴。尤其是有仓石武四郎先生给我翻译。这位仓石先生，诸位已经都知道的，是很有名的一位教授，对于中国文学有很深的研究。请他来当翻译，我真是感谢不尽。

本来各国的文学都有它固有的面目，如同各国人的体格容貌都不一样。譬如西洋人的头发是黄的，眼睛是蓝的。东洋人的头发是黑的，眼睛也是黑的，都不一样。同是一个东洋人，中国人和日本人还是不同，只是中国人和日本人的不同，在外表上很不容易看得出来。每一个国家的国民，都有它特别的遗传和环境，所以自然就有了他的国民性。由这一点来讲，假使不能理解一国的国民性，就很难欣赏一国的文学。

现在我手里没有什么书，不能参看中国学者研究中国国民性的书。所以只好照着我自己的主观的观点，说一点关于中国的国民性的几个问题。

我小的时候去过北京天坛，那时候我就随便参观一下，也没有去听先生的说明。在模糊的印象里我只知道天坛的伟大庄严。回来以后朋友们问我："天坛顶棚上有三百六十个框子你看见了么？"原来那三百六十个框象征一年的三百六十天，每一个框里画着不同的云彩，就由这些云彩可以看到一年的天时的变化。可是我事先不知道，所以一点也没理会。我很后悔，但以后就没有机会再去细看。假设那时我能静听先生的说明，我就可以得到很清楚的印象，想起来非常的可惜。对于一国的文学的欣赏，也是如此。假如我们在欣赏某一国的文学之先，能略为知道哪一个国家的背景，那欣赏的程度，就会更深刻一些。今天我要说的，也不过是这样意思。

现在我就说一说中国的国民性。中国国民性的特色，第一是爱好和平。本来世界上不能说有一个国家，是爱好战争的。但有一天有一位外国朋友问我，为什么中国的诗歌里很少有歌颂战争的诗？果然中国诗里关于歌颂战争的诗很少。不但是夸奖武功的诗少，而且厌恶战争怨恨战争的诗很多很多，这可算是一个特色。当然，夸奖武功的诗，并不是一首也没有的。这些诗大半都是"应诏""应制"，在天子命令之下写出来的。譬如一个将军的凯旋，天子就命令文臣作赞美他的武功的诗。

这些诗多半都不流传于世。原来中国人一贯的哲学，是重文轻武的，就是文德比武德重的意思。而且一贯的反对中国古来的侵略战争。本来中国人对于"武"有这样解释，"止戈为武"，"武"字是由"止"和"戈"字出来的。停止干戈就是武德。现在只就我手边的书里来举几个例子。比方有一句诗：

"一将功成万骨枯"。

为了一个将军的成功，晒干了一万多兵士的骨殖，战争就是达到一个军阀的欲望，而不顾大多数人民的幸福。《左传》里头有几句：

"民亦劳止，汔可小康，惠此中国，以绥四方。"

这是说人民已受了战争很大的痛苦，应该想法子给他们以安定的生活，不但是中国国内得到恩惠，而周围四国，也可以安定的意思。还有《国语》里面，国王要征伐犬戎，祭父劝国王说："先王耀德不观兵。"

就是说古代的伟大的国王，都是炫耀他的文德，不夸张他的武力。

六朝梁时代，有个"鼓角横吹曲"，又叫"马上乐"。是在军队里唱的音乐，这好像应该是鼓舞战争的歌，但其实不然。比方在"紫骝马"里有："十五从军征，八十始得归……"

这歌相当的长，所以特举这一段，意思是十五岁的时候就参加战争，一直到八十岁才能回来。回家一看，家人一个也没有了，房子也烧了，院子里只剩一点青菜，把那青菜摘来，一边流泪一边吃。还有一首"马上乐"，"企喻歌"。这首头几句是述说勇壮的战争情形，可是后几句是很悲惨的。比方：

"男儿可怜虫，出门怀死忧，尸丧狭谷中，白骨无人收。"

男人是可怜的，一出家从军就有死的危险，他的尸首横躺在狭谷里，白骨也没有人来收埋。六朝时代鲍照作了一个歌，叫：《拟行路难》，一共十八首，其十六首有一段：

"君不见少壮从军去，白首流离不得还。"

年轻的时代去从军，可是一辈子回不来家的意思。还有陈琳作的一首诗，叫《饮马长城窟行》。这陈琳是很有名的一个文人，魏武帝曹操读他的文章治好了头痛！那歌里有：

"生男慎莫举，生女哺用脯，君独不见长城下，死人骸骨相撑柱。"

就是说，生下一个男孩子最好不要养活，生下一个女孩子却要给她肉吃。因为男人必要去当兵，战死在长城下。中国的万里长城我想诸位都知道的。是一个很艰巨的工程，有个西洋的天文学者说："从月亮里看见地球，可能看到的，只有一条万里长城。"可是中国诗人说到长城，并不都是赞美！比如，"孟姜女哭长城"就是中国最有名的故事。

底下我要说几个文人在军队里作的诗。举个例子说，李益作了一首《从军北征》：

"天山雪后海风寒，横笛偏吹行路难，碛里征人三十万，一时回首月中看。"

天山里下着雪，很冷的北风吹来了，在那时候听见有人用横笛吹《行路难》的曲。三十万的兵士，在沙漠上都回首怅望他们的故乡。横笛是横着吹的，不像箫竖着吹的——在这歌里，一点也没提到自己军队所立的功，而反倒描写兵士想家的情绪。最有意思的是《夜上受降城闻笛》这一篇。它说：

"回乐峰前沙似雪，受降城外月如霜，不知何处吹芦管，一夜征人尽望乡。"

受降城是战胜的时候，受敌国投降的地方。实在应该是一个愉快骄傲的地方。但诗人感想并不如此！回乐峰前的沙子像雪一般的白，受降城外，月亮霜一般的皎洁，在那时候不知何处传来笛子的声音，军人就都想望起故乡来。在战场上的军人都想家，这是哪一国都一样的。所不同的，有的肯说出来，有的不肯说出而已。世界上其他的国家，多半为了羞耻，不肯述说，但是中国人是很坦白天真的述说人情。又如李华的《吊古战场文》，他说：

"秦汉而还，多事四夷，中州耗斁，无世无之，古称戎夏，不抗王师，文教失宣，武臣用奇，奇兵有异于仁义，王道迂阔而莫为……"

这是很长的一篇文章，头几句描写古战场的风景，述说各种的悲惨的光景与情绪。中间这一段是最要紧的。秦汉以后，侵略四方的国，因此国内财政紊乱，人民也减少，这样情形，哪个时期都有的……文教失宣，武臣用奇。奇是"奇袭"的奇，这奇是与仁义不同的。最后一段：

"汉击匈奴，虽得阴山，枕骸遍野，功不补患。苍苍烝民，谁无父母？提携捧负，畏其不寿。谁无兄弟？如足如手；谁无夫妇？如宾如友。生也何恩？杀之何咎？……时邪命邪？从古如斯！为之奈何？守在四夷。"

汉国攻击匈奴，虽然占领了阴山，可是尸首堆在战场上面，祸害比功绩多得多。——苍苍是头发黑的意思——人民没有一个没有父母，父母生了孩子都抚抱着，怕他不能长大，哪一个人没有如同手足的兄弟，哪一个人没有像朋友的夫妇？活着的人，国家对他有何恩惠？死了的人，又何尝是他们自己的过失？最后一句说：时邪命邪，从古以来都是如此的。那么怎样来补救呢？除了坚守边境，互不侵犯以外，没有别的办法。唐朝的白居易，有一首长歌，叫《新丰折臂翁》，这个歌还有"戒边功"的副题。这折臂翁是年轻时代，为了躲避征兵，自己折断了自己的手腕，这样例子很多很多，不能一一提出。底下就是举出自己做将军的人的例子，汉朝有一位有名的将军叫班超，班超投笔从戎，开发西域，封为定远侯。三十年间，住在现在的新疆，在他上奏天子的表文里（他的妹妹班昭替他写的），有一句：

"不愿封为万户侯，但愿生入玉门关。"

这玉门关是从新疆入甘肃的关门，他说自己并不愿意封侯，只愿在活着的时候能回入玉门关。

范仲淹是北宋时代的有名的人物，他有一首词叫《渔家傲》，下半阕是：

"浊酒一杯家万里，燕然未勒归无计，羌管悠悠霜满地，人不寐，将军白发征夫泪。"

意思是：离开家万里那么远，虽能喝一杯浊酒，可是还没有把自己的名字刻在燕然山上。——燕然是山名，古时候出战的将军，为了纪念自己的武功，在山上的石碑上，刻上自己名字——愿意回家也回不去，在那时候听见了笛声，严霜满地，人不能睡，将军头发已经变白了，军人也都流泪，描写都厌倦战争的情形。

爱好和平并不是彻底的反对战争的。从宋朝一直到现在，反对战争的诗有的是，可是那战争是侵略的战争。换一句话说，中国文人都反对侵略战争的。可是等到敌国一侵略中国，危险临到中国人民的头上，文人对于战争的论调就完全改变。比方说，南宋的陆游，又叫陆放翁。梁启超称他说："千古男子一放翁。"是一个很有名的诗人。在他的诗里头就能找出战争的快乐，他有一首长歌行：

"国仇未报壮士老，匣中宝剑夜有声。"

这首诗很长很长，只举两句。还没有报得国仇，可是我已经老了，匣中的宝剑也为了愤激，到了夜间就发出声音来。还有《夜泊水村》诗里：

"老子犹堪绝大漠，诸君何至泣新亭，一身报国有万死，两鬓向人无再青"……

这是中间的几句，意思是自己已经这样老了，可是还有横渡沙漠的意气。年少诸君何至于在新亭这么痛哭呢？把一身贡献给国家，死一万次也不怕，可是不幸鬓发不能再黑了。陆放翁最后作的一首诗，就是他临死之前所作的《示儿》。这是很有名的诗：

"死去原知万事空，但悲不见九州同，王师北定中原日，家祭无忘告乃翁。"

他说死了以后什么都是空虚了，只有一个遗憾是不能亲眼看国家的光复。假设我们军队往北反攻，平定中原的时候，家祭时一定不要忘记报告我一声。

底下就说到元明清时代，元朝也有各种例子，不过我手里现在没有什么书，今天不能举例。

到了清末，康有为作了《中国歌》，梁启超作了《二十世纪太平洋歌》。这些都是很长的，不能写出来。此外同盟会以及其他的人，作了好多好多爱国的诗。清末以来中国日日在国难之中，从东从西受到许多压迫，结果大大的唤起了中华民族的自觉。今天只举最近一首歌，为结束。就是聂耳的《义勇军进行曲》，拿白话写的。聂耳是云南人，日本留学生，死在日本，所以诸位里也许会有知道他的。他说：

"起来，不愿做奴隶的人们，把我们的血肉筑成我们新的长城，中华民族到了最危险的时候，每个人被迫着发出最后的吼声"……

从前的长城是拿砖筑成的，新的长城是拿我们的血和肉来筑成的。中华民族现在到了最危险的时机，所有的人民都受压迫，现在真是到了发出吼声的时候。"迫着"是不得已，这一点很有意思。唐朝李白的诗里有一句：

"乃知兵者是凶器，圣人不得已而用之。"

"战争"是不好的工具，不过在不得已的时候，在自己捍卫，抵抗外侮的时候，是必须用的。换言之，中国人民遇到国家的危险，逼而不得已的时候，决不是不抵抗主义的！

底下就是中国的国民性偏重伦理的思想。有一位印度的朋友问我："为什么中国的诗里写到男女之情的很少呢？"这话若由西洋人说出，倒没有什么稀奇。可是由一位东洋人发问，不免有一点惊讶。所以我开始反省。中国诗里男女的情诗很少。至少是比外国的诗少得多，但是在伦理思想，还没有浸到民间的那时代，男女的情诗，相当的多，最好的例子是《诗经》的头一首：

"关关雎鸠，在河之洲，窈窕淑女，君子好逑。"

如同雎鸠在河之洲，美丽的淑女是君子最好的伴侣。求她不得的时候，烦恼得夜里也睡不着，是这样整个儿一个很好的情诗。《诗经》以后情诗少了。尤其是中国说："七岁男女不同席。"男女的交际是不公开的。所以中国的男女，不会交异性的朋友。所以中国人情诗的人物都限于中表亲戚之间的。因为他们之间，会有见面的时候的。不然就是歌妓之间。这一类诗，不好作题目，所以大抵都叫"无题"，或叫"纪事"的。可是中国诗里写到亲子之爱的就很多很多。从古有名的《木兰辞》《游子吟》各位都知道的。《游子吟》有：

"慈母手中线，游子身上衣。"

母亲亲自所密缝的衣裳，被珍重的穿在远方的游子的身上，写出十分细缜的情感。此外，写到兄弟之爱的诗文也多。杜甫的诗：

"海内风尘诸弟隔，天涯涕泪一身遥。"

国家战乱，兄弟离散，天涯孤独，常常流泪。这首诗我也在抗战中常常想起。因为我有过这样的经验。我那位印度朋友也说中国男女的情诗少，可是写到朋友之爱的诗很多。实在中国的诗里，"忆友""送友"的诗太多了。李白、杜甫，都是有名的诗人，同时两人也是很好的朋友。杜甫有《梦李白》的诗：

"死别已吞声，生别常恻恻……千秋万岁名，寂寞身后事。"

他说对于"死别"流泪，对于"生别"更常伤心。虽然李白名传千古，可是死后很寂寞的。又如白乐天有二千八百首诗，其中一千五百首是关于朋友的。此外就是夫妇之爱的情诗，这一类的诗也相当的多。中国古代的习惯，男女未婚以前不能见面，所以结婚以后，才慢慢发生爱情。这是日本从前也一样的吧？关于这类的有名的有古乐府的《陌上桑》，作者不详：

"罗敷前置词，使君一何愚，使君自有妇，罗敷自有夫。"

有一个美女叫罗敷，在道旁采桑，这时有很阔绰的官人，过来看她，派人去问她姓名、年岁，劝她跟他一块儿走，罗敷答着说，作官的，你是多么笨的人呢！你自有太太，罗敷我也有丈夫。以下还说我的丈夫是这样这样好，人家都夸他，这一类话。古乐府里还有《羽林郎》，是说一个在贵族家做事的冯子都，有一天和一个十五岁的胡姬促膝谈心。那女人说："男儿爱后妇，女子重前夫……寄语金吾子，私爱徒区区。"就是男人爱后来的年轻的妇人，可是女人都看重前夫。还有一首特别有意思的是唐朝的张籍之《节妇吟》：

"君知妾有夫，赠妾双明珠，感君缠绵意，系在红罗襦，妾家高楼连苑起，良人执戟明光里，知君用心如日月，事夫誓拟同生死，还君明珠双泪垂，恨不相逢未嫁时。"

她说是：你明知我有丈夫。而送我两粒珍珠。我感谢你的好意，而系在我红裙上，可是我家的高楼连着内苑，我的丈夫在明光宫作侍卫，我知道你的心思是光明正大，不过我和丈夫是誓同生死。我决定还你两粒珍珠，可是我眼泪流了下来，为什么在未嫁之前，没有遇着你呢？又如汉乐府里有一首五言诗叫《自君之出矣》。这首诗以"自从君子出去以后"开始，以下述说夫妇间的离情。这诗以后就成为一种体裁，如同"闺怨"之类，都是夫妇离别的抒情诗，所谓"离人思妇"，就是离开家的人，和相思的妻子的。比方苏武的离别的诗：

"结发为夫妻，恩爱两不疑，生当后来归，死当长相思。"

结发是小时候梳的辫子。就是从小的时候就做了夫妻，两人的感情是非常甜蜜……所以活着一定要回来，死了仍要永远的相思。还有一首叙事长诗《孔雀东南飞》，也是夫妇之爱的。唐朝的元稹，有悼亡诗，是哀悼死去的妻子。悼亡诗在中国很多很多（从略）。

第三，农业社会的影响。在中国，大多数的人们，都以农家生活为最高的理想。比方文人作官，武人出征，而老来总以"归田"为结束，所谓之"挂冠归田"，"解甲归田"。冠就是作官戴的官帽。文人脱了官帽，就归田隐居；武人解了甲胄，也回到农田。所以每一个时代的文学里，都有厌倦政治，思归田野的情绪。最有名的是陶潜的《归去来辞》：

"归去来兮，田园将芜，胡不归……"

他说，回去吧！田园已将荒芜，为何不回去呢？还有王维，范成大等许多田园的作品。文人与农民生活之间，有很深的关系。怎么也离不开的。因着农民聚族而处的生活习惯，中国人就不喜远行，尤其是当兵到远方去，是更不喜欢的。由这一点发生闺怨，或者从军的烦恼的诗歌。再说文人多半是农村的出身，所以农民的苦恼，他们十二分的了解。他们发出呼声，反对不良的政治，反对纳税之重，反对兵役之苦。

第四，中国人是非宗教的民族。非宗教并不是反对宗教。中国没有国教，没有以神道来设教。

从古天子所祭的是"天"。圣人大人都畏惧天。在古典里所谓的天，并没有偶像，完全是空空洞洞的抽象的东西。孔子也说，"获罪于天，无所祷也。"就是说，得罪了天，没法子去祈祷。孔子所说的天，并不是其他宗教所谓之天堂。孔子又说，"未知生，焉知死"，所以孔教不是宗教。宗教本来有两个条件，一个是崇拜偶像，另一个是相信来生。在儒教里这两个条件都没有。中国宗教是后来输入的外来的宗教。不过这些都流行于中下级社会的。士大夫阶级则往往反对外来的宗教。天子的提倡也没有发生太大的影响。唐朝韩愈的《谏迎佛骨表》，就是谏天子迎接佛骨的文章。他的《原道》里有句：

"人其人，火其书，庐其居。"

他说僧与尼都要还俗，把佛教的经都要烧，佛教的寺都要改为民家。以后天主教、基督教进到中国，人们不说"信教"都说"吃教"。"吃教"是有人以靠宗教来吃饭的意思。因此士大夫的家庭，信教的仍比较的少。总之凡是外来宗教对于士大夫的影响很少。但是像韩愈那样严格的主张，也并不多，普通的士人，却有很宽大的态度，有一个家庭里的人们信仰好几个宗教。彼此不会冲突，也不会发生太严重的问题，这种现象在西洋是绝不会有的。汉魏六朝的文人，积极跟和尚来往的不少。文人喜欢和尚的"机锋""禅语"，有超脱之趣。有两句诗：

"壮士晚来宜学道，文人老去例逃禅。"

军人到了晚年也都学道，文人也到老都逃了禅，都是到了失意穷途，以宗教自解，而不是积极的信奉。中国文人又喜欢旅行参观庙寺。有一句诗："天下名山僧侣多。"在名山都有好的寺庙，有僧人在那里修行。所以国内的名山多被僧人占领。文人也常常的到那里去游玩，是对于山水的欣赏而不是对宗教的热心。就我自己的观察来说，现在中国一般人参拜神佛的并不算多，除了老人乡愚之外。中国人是"非宗教"的，这是到过中国的人都能感觉到的。

第五，中国是个人主义的民族。对于任何事物，中国人都不认为神圣不可侵犯。这是西洋人也以为很奇怪的。中国没有自有的宗教。中国三十年以前，是帝制的国家，但是中国历朝皇帝的地位与日本的天皇大不相同，中国的革命也是三千年以前已有的。在中国，皇帝的地位，并没有保证。比方《易经》有一句：

"天地革面四时成，汤武革命，顺乎天而应乎人，革其王命，改其恶俗。"

就是说，天地改变而有春夏秋冬，殷汤王、周武王革命而灭夏桀、殷纣，这是听于天命，应乎人民的希望。中国古来的天子尧舜都不是世袭，让位于贤。后来虽然改为世袭，但若天子不胜任，人民随时可以革命。《易经》，至少是二千五百年以前的书，可见从那时候已经有了这样政治思想。从那时以后隔数百年，或隔几十年，甚至于几年，每逢政治不良，就有革命。孟子说：

"民为贵，社稷次之，君为轻。"人民是最重要的。孟子又说：

"君子视臣如土芥，则臣视君如寇仇。"若是天子把人民当作草芥而蹂躏的时候，人民就可以把天子当作寇仇。君王爱护人民，是他的责任，能爱护的可以继续，不能的便当除掉。这并不只是文人的想法，而是一般人民的思想。就是说，帝位不是固定的属于某一种人，而是人人都有希望。比方说，汉高祖年轻的时候，看见秦始皇的巡幸的车盖，他心里很羡慕，他说：

"彼可取而代也。"

还有蜀国的刘备小的时候，家里有一棵桑树，很像一顶车盖，他说：

"我为天子，当乘此车盖。"为什么这么小的孩子，都能说这样的话呢？就是中国人的思想是无论什么人都有当天子的可能性，所谓之：

"交椅轮流坐，明年是我尊。"在中国还有一句：

"王侯将相，宁有种乎。"

在某一个朝廷灭亡的时候，那朝天子所封给王侯的封地，都要失掉，一班新兴的阶级，又代之而起。从这一点看，可以说，中国是在东亚唯一没有阶级的国家，因此中国也没有长子承袭的制度。一家的财产，多是平均分配，所以豪门巨阀也就很少。这样在中国虽是帝王公侯，也没有神圣不可犯的。历代被崇拜的只有一个人，就是孔子。就是孔子也在新文化运动初起的时候，被胡适先生所提倡的"打倒孔家店"而减少了尊严性。所以在中国可说是没有一个神圣而不可侵犯的东西。若是有的话就是"个人"。中国有一句：

"士可杀，不可辱。"

"士"，是代表一个自知自尊的个人，富贵不能淫，贫贱不能移，威武不能屈的。这样思想看的非常重。比如说：

"三军可夺帅也，匹夫不可夺志也。"

在三军之中，可以用武力夺去他的主帅，但是个人的"志"是不可夺的。战国时代还有一个唐雎劝告秦王，秦王十分生气，恐吓他说：

"天子之怒，伏尸百万，流血千里。"

唐雎毫不恐惧的说：

"士之怒，伏尸二人，流血五步，天下缟素。"

秦王马上就屈服了，在唐雎面前跪下说：

"先生请坐，我醒悟了。"

还有战国时颜斶见齐王，齐王说：

"颜斶你到前面来！"颜斶说：

"齐王你到前面来！"

终久还是齐王被说服了。在中国，"士"与天子是平等的，可以当朋友。比方后汉的光武帝同严光是很好的朋友。光武做了天子以后，劝严光到朝廷来做事，严光不肯，有一天他们两人睡在一张床上。严光仍是很不在乎的把脚放在天子腹上。次日钦天监奏告说：

"客星犯帝座甚急。"光武帝笑说：

"那没有什么，只是我的朋友严光，昨夜睡的时候，把脚放在我的肚子上。"

还有唐朝的李泌也跟皇帝做朋友，两个人骑马游玩。人民远远看着指点说：

"黄衣者圣人，白衣者山人也。"

就是说穿黄衣的那个是天子，穿白衣的那个是山人，山人同圣人是平等的。还有唐朝名将郭子仪，他的儿子，跟皇帝的公主结婚。有一天小夫妻吵了起来。公主说：

"我的父亲是天子。"那女婿说：

"我的父亲是不屑当天子的。"原文是：

"汝谓尔翁为天子耶，我翁薄天子而不为。"郭子仪听见了很惶恐，立刻带他儿子到皇帝那儿去谢罪。皇帝笑说：

"不痴不聋不作阿家翁，儿女闺房之言，何足算也。"就是说：若不做呆子聋子就不能作一家之主，小夫妇吵闹的话，那何必介意呢？这些都是小事，但从这些小事之中看出"皇家"同其他家庭一样，有盛有衰，不是神圣的，只有个人是至尊的，个人有了意见，都可以随便述说，所谓之"处士横议"，在《国策》里邹忌劝齐王说：

"群臣进谏，门庭若市。"就是听从群臣随意进谏，天子的门前，可以如同闹市一般。《国策》里还有召公劝厉王（因为厉王禁止人民干涉政治）说：

"防民之口甚于防川。"就是防人民之口，比防川水更为困难。凡是与天子有关系的，都有劝谏天子的权利与义务，就是人人对于政治设施，都可进言，这风气直到如今，虽受压迫，决不停止。

第六，中国的国民性是平衡、调和、中庸的。这可以从中国艺术上看了出来。中国国民性里，很少极左和极右，比方建筑，从日本人的眼光里看，一定以为是很单调。如同宫殿，庙宇等，冠冕堂皇的房子，正房朝南，左右两厢，门窗柱子，华表，石狮，都是一对一对的。屋内的装饰，如花瓶，钟鼎，对联，桌椅，也都是一对对的。在文学里，诗里有"排律"，文里有"骈文"。明清还有"八股文"，也都是骈对起来的。固然像日本似的不平衡的建筑物也很多，但只限于花园里的亭台楼榭，在庭园里种树、垒石等都是自由的。一到了正式的建筑，都是平衡、对偶，没有歪斜褊狭的布置。

现在顺便谈一谈日本所没有的门联，很能代表普通一般国民的愿望，与屋主人的人格与理想，比如：

"忠厚传家久，诗书继世长。"

"国恩家庆，人寿年丰。"还有：

"三间东倒西歪屋，一个南腔北调人。"可见这主人是很不讲究，洒脱，而又旅行过许多地方的人。还有：

"岂有文章惊海内，更无书札到公卿。"可见那主人是一个傲慢的人。我在日本参观过好几处庭园，在那亭阁石头上，没有一副对联，也没有题字，这使我很奇怪。但这也有好处，若题的不好，反煞了风景。不如"不着一字，尽得风流"。

最后的一个，第七，中国国民性很富于幽默，这幽默并不只是滑稽谐谑，不是狂笑，而是忍不住的微笑。幽默到底是什么？这是中外的名人常讨论的问题。定论是难得的。有人说英国人富于幽默。那就是说幽默的人常常嘲笑自己，能嘲笑自己的人，是一个旷达而不挂虑一切的人。比方，自己身体有一点毛病，也作为一个幽默之材料。穷苦得使人家怜悯，但他自己却毫不在乎，反以此自嘲，做一个幽默之材料。在中国，嘲笑自己，嘲笑自己的孩子的诗有的是，比方自己年老了，牙齿掉了，腿瘸了，穷了，贱了，自己的孩子痴愚等等，都是很旷达的自己嘲笑着，这种特性能使人脑筋轻松，在危难穷苦之中，不太紧张，也不易倒塌。

谈到艺术上的"平衡""调和"，中国的音乐也是一样。中国的音乐非常的单调平淡，好的音乐是没有的。我们也可以说东洋没有好的音乐。中国人以为"琴者禁也"：弹琴为的是禁止感情奔放，必须在一个安静的屋子里扫地焚香，慢慢地弹，所以绝不会有豪放、激烈的音乐。西洋的伟大的音乐家是衣冠不整，头发散乱，甚至于吐着血演奏。这样的音乐在中国人看来反以为不得性情之正。中国人太重平衡，平抑情感，那就不会创造出好音乐来的。

中国旧文学之特性

这次我要讲的是中国旧文学的特性。是旧文学有什么特色，与新文学有哪一点不同。这也跟上回所讲的文学的背景的国民性一样，也有好处也有坏处的。旧文学的第一特性是旧文学是用文言写出来的。到过中国的人都知道，中国的方言，大体分为四种，第一是黄河流域的方言，第二是长江流域的方言，第三是广东的方言，第四是福建的方言。中国有这么多的方言，国家怎么能统一呢？那唯一统一的力量，就是中国的国文。中国历代的政令，军令，天子的圣谕，文武官厅的布告，都是以文言写的。朋友之间的信函也是如此，所以虽然语言不通，在文字上可以互相了解。所以说中国的文言维持了中国的统一。

第二个特点，就是中国的旧文学，从古以来，以"文以载道"——以文章来维持道义——为目的。文章应当为宣传伦理思想而写的。不载道的文章，不能说是正派的。换言之，中国古人写文章，是以维持世道人心为目的。当然作者想写的东西不一定都是"载道"的东西。可是为了这种传统，想写的都不敢写出来，写出来的不得已而用匿名。这里有一个好例，陶渊明的《闲情赋》写的非常之好，但梁昭明太子就批评他说：

"白璧微瑕，唯有闲情一赋。"就是说陶渊明的诗，都像白玉那么洁白，中间的微瑕就是《闲情赋》。可是我认为陶渊明作品里，最好的是这篇赋。孟子说：

"食色性也。"食和男女间的情，是人的本性。《孟子》里，还有：

"人少则慕父母，知好色则慕少艾！"但是"腐儒"们都要禁止这种自然的情感。《闲情赋》的内容，是这种自然之情。全篇很流丽而且比喻也极好。比如：

"愿在衣而为领……愿在裳而为带……愿在发而为泽……愿在眉而为黛……愿在莞而为席……愿在丝而为履……愿在昼而为影……愿在夜而为烛……愿在竹而为扇……愿在木而为桐……"是有十种的比喻。可知陶渊明的想象力之丰富。陶渊明是一个豪放旷达的人，文章是非常高超淡泊。但是在这《闲情赋》里就充满了缠绵细缜的情绪。文学本来是应该用来发抒各种感情，假使压迫了某一方面，不使它发泄，那是很不好的。这"文以载道"就埋没了多少好的文章。

在中国民间有许多好的小说。比如《水浒传》《红楼梦》这些杰作。可是当时的腐儒，都说这些书"诲盗""诲淫"，加以禁止。提到小说稗官，根本就看不起这类文字，因此压迫了多少作家，埋没了多少好的文章。

第三，就是旧文学过重修辞。中国旧文学的修辞方法，是非常细密，而且深刻的。比方：

"吟成一个字，捻断数根髭。"文人作诗在斟酌一个字的时候，苦心孤诣，把胡须都捻断了。在文章里的斟酌，叫作"推敲"。有一个有名的故事，就是唐朝的诗人贾岛吟成了一首诗中的两句：

"鸟宿池边树，僧推月下门。"后来他想还是"推"字好呢，还是"敲"字好呢？在道路上构思。用手一边推一边敲的时候，撞到韩愈的车边。韩愈问他，贾岛说明缘由。韩愈说"敲"字好。以后他们就成了朋友。"一字推敲"这一句话也流传下来了。为什么"敲"字好呢？若用"推"字表明门还没有上锁，是预先约定的，可是"敲"字是表明看见月亮，趁着高兴走来拜访。都着重意境。若是一个字，把意境表现得更好，就成了"一字之师"。而且音韵方面，也得下功夫。就是四声五音的问题。四声就是平上去入。五音是齿唇牙喉舌，这在诗里是极重要的问题。尤其像乐府和词要吟唱的诗里，更为要紧。比方说：

"五月榴花照眼红"，这"红"字后来改为"明"字。为什么"明"字较好呢？因为石榴花，大体都是红的，无须乎再说明其颜色，改为"明"字，表明在阳光之下所发出的光艳。我从前在大学里讲过，凡是形容字都要五官来感觉的。同一

类似的典故。又要工整，又要恰当。所以通晓中国文学，就有很大的负担，中国有很多丰富的文言的句子。用白话写的人，也不能完全舍弃文言的。比方白话说好的人，就是"好人"，以外没有别的。文言说的时候就可以说"仁人""善人"等等，白话"想一想"，文言就可以有"考虑""思想""研究"等等的话。

旧文学的时代很长，所以就发生了所谓"滥调"。滥调就是在一篇文章里随便用许多没有内容没有意义的套语，满篇典故，只是堆砌。比方说"萤"：

"昔年河畔，曾叨君子之风，今日囊中，复照圣人之典。"有这样的四六文。"昔年河畔"是中国说萤是草变的虫子。河畔是"青青河畔草"。"君子之风"是《论语》中之"君子之德风，小人之德草"。所以萤在做草的时代，受了君子之风。底下是用囊萤读书的故事。关于萤没有一点阐发，只用了许多典故而已。这样在中国叫作"掉书袋"。这样写文章永远写不出好的东西。中国从前常常夸说某人的文章是"无一字无来历"，就是没有一个字没有典故的意思。比如唐朝王勃的《滕王阁序》，其中确有些好句。但大体说来，并不是一篇好文。他写这篇文章的时候，有人说他是九岁，又有人说他是十三岁，或十七岁，因为在序中有：

"家君作宰，路出名区，童子何知，躬逢胜饯。"他说父亲作官，走过这好风景的地方，我这个无知的孩子，也居然能出席这么大的宴会。底下他却说：

"嗟乎，时运不济，命途多舛，冯唐易老，李广难封。"时运也不济，命运也不好，像冯唐那么早老，像李广那样难得封侯，他忽然感叹起来！同时冯唐李广是老人的例子，九岁或十三岁、十七岁的孩子根本就不应该用的。文气跟开笔的时候，完全矛盾。底下还说：

"关山难越，谁悲失路之人，萍水相逢，尽是他乡之客。"和以前的"家君作宰"，"童子何知"以及"四美具，二难并"，四美是"良辰""美景""赏心""乐事"。二难是"宾""主"，更是互相矛盾。总说起来，文中只有：

"虹销雨霁，彩彻云衢，落霞与孤鹜齐飞，秋水共长天一色"一段是很好的。因为这一段完全没有典故，是他自己创作的。这就是所谓"性灵"。从灵魂里涌出来的东西，跟用典故的完全不同。学写旧文学的，就是小孩子也往往写很悲哀的滥调。因为他们总看大人写的悲感的文章。他们以为不写悲调，就不是好文章。

"绿阴深处静焚檀，潇飒松风绕指寒，太息知音今有几，高山流水莫轻弹。"这是我九岁时作的。题目是《鼓琴》。我想弹琴是应该在松荫底下安静的地方焚上香。《高山流水》是很古的调，设想是没有多少知音的。其实那时我不但没有学琴，不知《高山流水》的调子，连"知音"两字也不大明白，重要的是把"平仄"和"韵"作对了。此外关于琴的典故摆了一堆。整个儿是一个滥调的好例子。

今人写旧文章，和现代的生活不合的例子，还有很多。比方"挑灯"，从前是用油灯，写信时才有挑灯的话。现在是用电灯，没有"灯芯"可挑。坐船叫"挂帆"。这是从前没有汽船时代的事。生气而走的时候叫"拂袖"。可是现在衣服的袖子很窄，根本不能"拂"。父母死的时候说"苫块昏迷"。现在丧中没有在地下睡的风俗。结婚的时候说"洞房花烛"，"花烛"现在根本就少有，洞房也多半就在旅馆里。这些典故用起来等于笑话，近年来已没有多少人用了！旧文学落到滥调的地步。甚至是有名的作者。如杜甫，陆放翁他们的作品中也不能免。现在我手里有陆放翁的诗，取个例子看一看：

"暮雪乌奴停醉帽，秋风白帝放归船。"

"丁年汉使殊方老，子夜吴歌昨梦难。"

"乌奴"是山名，"白帝"是城名，"乌"和"白"是对起来的。"奴"和"帝"也是对起来的。"丁年"是老年。"子夜"是夜半。"丁"和"子"都是"干支"的名字。"汉"和"吴"都是地名。只看这些好像对的很巧妙，其实意思一点也不深。

又如中国诗人里写情有名的是李义山。他有一首《锦瑟》的诗：

"锦瑟无端五十弦，一弦一柱思华年，庄生晓梦迷蝴蝶，望帝春心托杜鹃……"律句很好，不过内容是什么，一点也不明白。到了清末，旧诗的末流，流行到"诗钟"，"诗钟"只是两句对子。完全是为练习排对的技巧的。比方题目是两个字"河"和"八"要隐藏起来：

"留守三呼兵急渡，武侯六出阵遗图"，头一句是兵队匆忙的渡过了河，底下藏的是"河"字。第二句是诸葛亮六出祁山之后，留下八阵图。所以"八"字被藏起来的。这样中国的文学落到极滥极坏的时候，就起了革命。这和政治到了极坏的时候发生革命是一样的。

新文学的产生

我到日本，感到日本朝野的人士，对于中国文学的关心，到现在还大半在旧文学上，而不是关于新文学。中国最近五十年乃至二十年间，发生的各种运动，其中最重要的是新文学运动。在新文学运动开始的时候有两个标语。一个是提倡"活的文学"，一个是提倡"人的文学"。中国的旧文学是以死的文字来写的，所以不能表现活的思想。从前的文学，是非人的文学，所以不能发挥人性。关于这个，陈独秀先生提出三大主义。一个是"打倒贵族文学，建设国民文学"，第二是"打倒古典文学，建设写实文学"，第三是"打倒山林文学，建设社会文学"。贵族文学就是傅斯年先生所说的，诗人谄媚"独天"——天子——的文学。古典文学就是"文妖"，所写的像妖怪似的文学。山林文学是跟社会隔绝的文学。所以都要打倒，而建设新的国民、写实、社会的文学。

胡适先生又提倡"八事"：

第一是"须言之有物"。说话的时候，背后一定要有东西。"思想"与"感情"是文学中最重要的因素，没有这个，如同"行尸走肉"没有灵魂。所以无论写什么，必得有背后的思想。

第二是"不摹仿古人"。古人的思想感情，跟现代人的不同，所以摹仿古人的，就是没有个人的思想。比方今人作篇"登楼"赋，用了魏朝王粲的情感就是不对的。你自己登了近代的楼，就应该写你高楼上所看见的所感到的近代的一切。

第三是"须讲文法"。中国的文学里，不合近代文法的很多。所以最先要研究文法。比方杜甫的诗：

"香稻啄余鹦鹉粒，碧梧栖老凤凰枝"。按着文法改一改，就应该是：

"鹦鹉啄余香稻粒，凤凰栖老碧梧枝"。那么为什么作了这种诗呢？那是完全只顾平仄，而注重形式，所以忽略了文法。

第四是"不作无病之呻吟"。中国文人在没有病的时候，发出痛苦的呻吟的人很多。表示不必要的悲哀，是没有意义的。比方"伤老""悲秋"这种诗题的内容读起来，好像是五六十岁的老人作的。其实乃是二十岁左右的人的作品。自己没有思想感情，而借用古人的思想感情，作出来的，就非常无聊浅薄。比方：

"红粉飘零，卿须怜我，青衫泪湿，我更怜卿"，这种诗是中国公子少爷的大学生们给歌女作的。说"青衫"也没有穿青色之上衣。说"泪湿"也没有流泪，他们以为这样才是风流。是最可鄙可笑的。

第五是"务去滥调套语"。滥调套语，是抄袭别人的思想感情，自己的思想感情就不会活泼。比方描写美丽的妇人，一律的用"杏眼桃腮"，"柳腰樱口"，仿佛古来的美人，长的都一模一样，没有一点个性！描写风景，也是如此，非常容易作，而一点意思都没有。

第六是"不用典"。这就是说不用典故。上次我提过王勃的《滕王阁序》用了好些典故，去了典故，所剩的，好的不过有几句（在这里"典"并不是说譬喻）。而且写旧文章的时候，用古的文字，容易有误会事实的危险。从前有一位我父亲的朋友，长期没有事做，托我父亲找事，其中有一句："秋月春风，等闲度过。"父亲看了就笑起来，因为他典故用的不对。白乐天的《琵琶行》有：

"今年欢笑复明年，秋月春风等闲度"。是描写一个妓女生活的一首诗。这位先生拿来比拟自己，所以令人发笑。外国人用中国的文字，也要相当注意。比方我到日本以后，人称我为"女流作家"。"女流"两个字，在中国，并不是尊重的说法。只用"女作家"三字就可以了。还有到日本来的人，日本人常说"来朝"，中国人所说的"来朝"，是来"朝见"，"朝贡"的意思。跟政治有"关系"的。游历，或不是来"朝见"或"朝贡"的，不应该说"来朝"。

第七是"不讲对仗"。这是不作对句的意思。为了对句的工整，所以感情有太勉强的地方。到了极点，会发生极可笑的笑话。比方有人作诗：

"舍弟江南殁，家兄塞北亡"。引起许多人对他同情。其实也只有弟弟死在江南。不过为了对仗，就叫他哥哥也死在塞北。

第八是"不避俗语俗字"。这是说不必避通俗的文字和语言。文言的文学里，没有白话的好。因为文言体，都避去俗语俗字，可是白话都不避这些。

"夜梦不祥，开门大吉"。用普通的话写了出来，意思很明白，有人看着觉得太通俗，都改了文言：

"宵寐匪祯，辟扎洪庥"。人们看了都不明白。这是实在的故事。

胡适先生又把这八事缩小为四个。第一是"要有话说，方才说话"。想要说什么，然后说什么。第二是"有什么话说什么话，话怎么说就怎么说"。比方很长的时间没有见面，写信时用"久违兰范，时切驰思"。反觉得落套，不如写"好久不见了，想念得很"。第三是"要说我自己的话，不要说别人

297

的话"。用自己的心思用自己的话来表示，不要套用别人的成语。第四是"是什么时代的人说什么时代的话"。某一时代的人，应该用本时代的话。比方我们是民国三十六七年人，所以不应该用春秋战国时代的话，坐飞机到日本来，不应该说"挂帆东下"。在电灯下打毛衣，也不要说"挑灯夜绣"。从历史的眼光来看，新文学并不是突然发生的。《礼记》有一句：

"生乎今之世，反古之道，如此者灾必及乎其身。"就是说生在现今的时代，而要回到古代之道，灾害一定会临到你的身上。中国的古典有"五经"，"四书"。到了司马迁之《史记》，班固之《汉书》，经过了一次革命。一直到唐宋韩愈等又革了一次命。这么就有了唐诗宋词。从唐诗到宋词变化之间，出现了介乎诗词之间的，如李白之三五七言：

"秋风清，秋月明，落叶聚还散，寒鸦栖复惊，相思相见知何日，此时此夜难为情。"三字两句，五字两句，七字两句，合起来的。李白完全用新的法子，作了一首诗，整个是很自然的写法。学词的人都知道李白的《忆秦娥》。就是诗之最后，词之最先。从诗到词之间，还有"小令"等，是个短的体裁，如《十六字令》。——日本的俳句也是十六个字的——如：

"寻，帘外无端堕玉簪。笼灯去，休待落花深。"从诗到词，白话加进了不少。上回说的李清照的《声声慢》，就多半是白话。到了元曲，几乎完全是白话。白话用的越来越多。明清间有好多杰作小说，都是用白话写的。比方《红楼梦》《水浒传》《儒林外史》《镜花缘》都是白话的。因为白话不但描写方便，而且述说道理也方便。宋朝学者的语录，是用白话写的。僧侣的语录也是用白话写的，都是写哲学学理上的意见的。这些语录，小说的普及，一般的影响了新文学运动，替新文学预备了道路。在文学革命以前，也有若干的例外，但是普通一般学校私塾，都实行文言的教育。政令军令都是用文言的。教科书、信函都是用文言的。我们在中学的时候，作文总是用文言的。每星期交一篇论文，题目如《富国强兵论》等，这些题目，由专门人才写起来，可以用两三年，甚至于十年的工夫，但是我们中学生都说得很容易，就是用滥调套语堆砌起来就行。比如用"呜呼，人生于世"起头，底下就凑下去。很容易的就写成一篇"言中无物""不着边际"的空空洞洞的，文句很通顺很美丽的文章。近百年来，中国受外国的压迫，一天比一天厉害，爱国有志之士，都在想着对策。大家认为中国人民，识字的太少，教育不普及，科学无从输入，这样绝不能抵抗外国的"坚船利炮"，所以最重要的是寻求比较简单的文字工具，来普及教育。努力从事于此的，有河北的王照，他作了八十六个注音字母。因为汉字太多，一字一字的记起来非常的困难，若是用音标文字来记发音，就比较容易的读。但因为各地方言不同，只用音标，还是容易混淆，民国元年蔡元培当教育总长的时候，发起读音统一会。发表了统一中国的发音计划，作了三十九个字母。民国十七年大学院又公布国语罗马字。但有了音标文字以后，三十多年，还没有多大成就。因为当时全国的人民分为两大部分。就是士大夫（知识阶级）和民众（农民工人和没受过教育的妇女）。知识阶级的人读汉字，民众读音标文字。各阶级读他自己的文字，思想上没有交通，而且用音标文字写的，除了读本之外，还没有产生什么好的文学。到了民国八年，所谓五四运动，五四文化运动就发生了。西洋人常说在政治运动以前，必有文艺运动。五四运动的前奏：

第一在千年以前，就有了很多白话文学，如宋朝的学者和僧侣的语录、宋词、元曲，和明清的小说，已经替新文学立下了根基。第二是在千年以后，中国就有大同小异的国语。——从东北的东三省起，到西南的桂林，从西北的河套，到西南的云南，从东南的丹阳——江苏省——到西南的四川，就是说，除了长江的下游和福建广东以外，这一片大地方，大体全用的是一种语言，经过了一千多年的时间，形成了一种标准的国语。第三是废止八股文。八股文废止之后，文人没有什么可作的。所以就用白话写文章。这样废止八股文，就等于消灭"文妖"。第四是打倒帝制。孟子所说的"独夫"被打倒了，那些谄谀的文学，也随之消灭。集成这四个因子，作成了一个新文学运动的好舞台。这时胡适先生陈独秀先生出来，登高一呼，新文学运动很快就发展了。在一年之中，全国的学生们都用白话写文章了。各界所出版的刊物，都是用白话。这是很大的进步。白话文一天一天的展开，从那时以后的诗歌、小说、戏曲，都是用白话写的。现在的青年若有用文言写文章的，都被人讥笑。

在日本的图书馆里，收藏的中国旧文学的书，比新文学的多的多，这也并不奇怪，每一时代都有它的文学，唐朝的人用唐代的话来写好的文学，宋朝的人也用宋朝的话来写好的文学，在旧文学里有许多许多好的文学。旧文学最先要看的是《诗经》，屈原之《楚辞》，昭明太子之《文选》，《经史》，《百家杂抄》，这里骈体文也很多。如曹植之《洛神赋》，江淹之《别赋》，都是很美的。诗里有陶渊明、李白、杜甫、白居易。宋朝有苏东坡。他是"读万卷书，行万里路"的人，不但诗文好，书画也好。李清照，她是女诗人，我并不是特提女作家，只按着她的成功而推举的。词里有柳永、辛稼轩。柳永的词，只要是有井的地方的人，没有一个不唱他的词。元曲里有《西厢记》，这是必读的。内容曲折，修辞也很美丽。还有《汉宫秋》《梧桐雨》。从明到清，《牡丹亭》《桃花扇》，小说有《水浒传》《西游记》《儒林外史》《红楼梦》《儿女英雄传》。这《儿女英雄传》的好处，是完全用北平话写的。还有《醒世姻缘》，是写《聊斋志异》的蒲留仙写的，很好玩儿。清末有《老残游记》《二十年目睹之怪现状》《官场现形记》，都可以看。这些都是用白话写的。不过在思想上跟"五四"以后的文章不同。

新文学的特性

今天我要讲的是新文学的特性，上回我已经说过，新文学是活的文学，人的文学。活的文学之下，是文学用具的革命。人的文学之下，是文学内容的革新。这两个集合到一块儿，形成极简单的革命的目标。新文学的作家并不是不会写旧文学的。而且是大部分都会写旧文学的。不过为了时代的关系，旧文学已经有了很多很好的作品。现代的人要写得比古人更好，是非常的困难。如宋人词里所谓：

"恨不踊身千载上，趁古人未说吾先说。"写的不如古人，不如开辟一条新的道路。

新文学的特性，第一是用白话写的。白话的白，是"土白"的白。就是俗话的意思。而且又是"清白"的白，也是"黑白"的白。就是能够表示得更精确而明了。有了白话文学，就产生了一种标准的国语，也有人说，先有了标准国语，然后才有白话文学。其实是完全相反的，必须先有了白话文学，这文学被人人所念诵，就形成了标准的国语。如长江以南的福建、广东，不能说标准语的，也从看白话小说，慢慢的会说了标准国语。像我的母亲，她是福建人，是不会说标准语的。从南方到北方来的时候，已经有四十多岁了。她到北平头一天问佣人，我在哪里。佣人说"姑娘坐在门槛上"，"姑娘"就是北平话的"小姐"，"门槛"两字也是南方所没有的，可是我母亲就懂得佣人的话，我父亲觉得奇怪。母亲说是看《红楼梦》看的。新文学的工具里，还有一个重要的，是采用西洋的标点符号。中国的古文里，有很深的内容，又不用标点符号，很不容易了解，思想模糊，意义也不清楚。但在古文里，加上符号，意义就明白得多。比方：

"君子有三畏畏天命畏大人畏圣人之言"。三畏底下填个"："，"天命"，"大人"底下填个"，"，"圣人之言"底下填个"。"，这样意义就很明白。若没有标点符号，上下句就会读混了，这样可笑的事常有的。又如：

"子贡曰：诗云：'如切如磋，如琢如磨'，其斯之谓与。"这样引用文上填"''"符号意思很明白。

"客，何好？客，何能？"填个"，"和"？"没有人会错解的。现在中国的中学大学入学考试，都叫学生填标点符号，或者文言改白话，白话改文言。就是要练习这个方法。

新文学第二特点是方法。新文学的方法与旧文学的不同。尤其是搜集文章材料的方法不同。古人材料的范围非常狭窄，他们认为有的材料可以入诗，可有的不可以入诗。在新文学的观点，只要有涌溢的情感，无论什么事物都可以入诗。这完全在乎个人新颖独到的观察和经验。比方读一般旧小说、戏曲，读完了一点印象都没有，因为作者没有个人的经验，而只套用古人的思想。所以写出来的人物，一点个性也没有。我在大学交的毕业论文是《元曲的研究》，所以读了四百多本元曲，比方《西厢记》《墙头马上》《倩女离魂》等等。《西厢记》的中心人物，男的是张生，女的是莺莺。《墙头马上》的中心男女人物，也跟张生莺莺完全一样，一点也没有个性。对于人物的个性，比方《水浒传》里的武松、鲁智深他们都是很粗暴的人物。同是行者，但两个人的人格完全不同，所以描写这种人物，最好自己心里有个对象，注意观察而描写出来。单单套用别人的描写，是不会给读者以新颖的印象的。在《红楼梦》里不但黛玉和薛宝钗的个性完全不同。就是比较相似的黛玉和晴雯的个性也是不同。因为每一个人，各有个性，所以才有分别。

底下就是搜集选择材料的方法不同。中国古来没有短篇小说的作法。在新文学里，短篇小说是模仿西洋方法，要采取一段事实的最精彩的部分。

新文学的内容和材料受"欧化"最大的影响，这点跟旧文学大不相同。新文学的文法，根本就学西洋的文法。名词也与旧文学不同。比方说"打倒旧文学，建设新文学"这"打倒""建设"都是新的名词，从前所没有的。新文学的体裁也跟旧文学不同，在诗中也采用了英国的"十四行诗"、日本的俳句等，这都是从前所没有的。

还有新文学创作的目的也与旧文学不同。在这儿讲到人的文学。周作人先生说，人是动物进化的。他说的"动物"，指的是肉体方面，"进化"却是灵魂方面的。人的文学，包括肉和灵两方面。新文学的目的，是打倒反人性的所有的制度。创作还有正面和侧面。从正面发挥我们的理想，主张人性应有的意义，从侧面就暴露描写残害人性的一切东西。比方亲子之爱，在新文学中的描写就跟旧文学不同。旧文学谈"孝"。从前有《二十四孝》，其中真正可取的只有一两个，此外都是沽名钓誉，不近人情。比方《郭巨埋儿》，为了饥馑，想省出他母亲的粮食，就把自己的幼儿活埋了，但在掘地的时候，发现土里有许多黄金。这完全是不合人情的。孝顺父母要作父母所喜欢的事情，郭巨的母亲，决不肯让他活埋他的儿子。还有《王祥卧冰》等等，都是只表现出愚蠢，而不近人情。新文学中描写亲子之爱，就舍弃这种材料和写法。凡是这些奖励不自然的行为的文章，都是"非人""吃人"的文章。

男女之爱，新文学的描写也跟旧文学的不同。男女之爱，最重要的是恋爱结婚，没有恋爱的结婚是不道德的。因为那并不是为自己而结婚，而是为家庭为父母而结婚。同时男女之地位是平等的。贞操的问题也是平等的，所以表彰贞妇烈女的文章也是片面的。中国妇女运动有过标语"打倒贤妻良母"。我们并不是不要贤妻良母，可是同时也要贤夫良父。贤和良不应该只是一方面的义务。

新文学的欧化和翻译的盛行有关，各国的留学生，都翻他所到国家的作品。当时留日的学生翻日本小说的很多，所以我们当学生时代已经读到芥川龙之介、武者小路实笃、夏目漱石、德富芦花等人的作品。其余英法德等国的作品，当然也更多。总起来说，中国新文学开始才有三十多年，真正伟大的作品还没有发现，好多作者现在还在用功，摸索着将来要走的路。但比较满意的还有，可读的如：

胡适先生的《胡适文存》《尝试集》。西洋人说胡适先生是中国文艺复兴的父亲。他的著作最好都看一看。尤其是《尝试集》，是中国新诗的最初产品，胡适先生是个学者，所以他的诗是学者之诗，而不是诗人的诗。比方：

"岂不爱自由，此意无人晓，情愿不自由，也是自由了。"这样诗很受了语录之影响。

还有鲁迅先生，他的思想是最进步的，文笔也极敏锐，他的全集是值得一看。

小说的作家巴金、茅盾、老舍、沈从文、丁玲、郭沫若，他们的作品都应该阅看。尤其是女作家丁玲，她的作品极有力量。女作家还有雪林，丁玲是"力"的，雪林是"美"的。

新文学作品里要注意"方言化"。比方巴金是四川人，茅盾是浙江人，老舍是北平人，沈从文、丁玲是湖南人。他们作品里都常用本省的方言。新文学作品里的方言，常能特别表现出地方的特性。

此外还有诗。诗是新文学作品里，效果最小的，进步最慢的。这也是因为诗是难写的，诗的元素太复杂了。新诗里音韵也好、内容也好的并不算多。徐志摩、闻一多两个人，比较好些。同时中国抗战十年间，文学作品最成功的是戏曲。作者最初有郭沫若、田汉（他们俩都是日本留学生）。郭沫若的戏剧，如同胡适先生学者的诗一样，他是诗人的戏曲。写剧最成功的是曹禺。抗战以前有《日出》《雷雨》，抗战后有《蜕变》《北京人》等。还有袁俊的《万世师表》，茅盾的《清明前后》，老舍的《桃李春风》等等，都是可赞的。

这次本人能在这东京大学讲演，觉得非常荣幸。我对于旧文学本来没有什么研究，对于新文学也没有什么好的创作，只因在现状之下，好的文学家，还不能前来日本，所以本人只好来担负这演讲中国文学的责任。但是借了这个机会，能够提起诸位对中国新文学的兴趣，那我就觉得非常的高兴。

谢谢诸位。